我把最深的秘密放在这里，你来，我在。——麦琳

静等花开

徐林芬◎著

中国文联出版社
http://www.clapnet.cn

图书在版编目（CIP）数据

静等花开 / 徐林芬著 . -- 北京 : 中国文联出版社，2015.10 （2024.8 重印）

ISBN 978-7-5190-0695-2

Ⅰ . ①静… Ⅱ . ①徐… Ⅲ . ①长篇小说 – 中国 – 当代

Ⅳ . ① I247.5

中国版本图书馆 CIP 数据核字 (2015) 第 253075 号

静等花开

作　　者：徐林芬

出 版 人：朱　庆

终 审 人：金　文　　　　复 审 人：刘　旭

责任编辑：郭　锋　　　　责任校对：王洪强

封面设计：鸿艺工作室　　责任印制：陈　晨

出版发行：中国文联出版社

地　　址：北京市朝阳区农展馆南里 10 号，100125

电　　话：010-65389147（咨询）65067803（发行）65389150（邮购）

传　　真：010-65933115（总编室），010-65033859（发行部）

网　　址：http://www.clapnet.cn

E – mail：clap@clapnet.cn　　guof@clapnet.cn

印　　刷：三河市宏顺兴印刷有限公司

装　　订：三河市宏顺兴印刷有限公司

法律顾问：北京市天驰洪范律师事务所徐波律师

本书如有破损、缺页、装订错误，请与本社联系调换

开　　本：710 毫米 ×1000 毫米　　1/16

字　　数：200 千字　　印 张：12.5

版　　次：2016 年 1 月第 1 版　　印 次：2024 年 8 月第 3 次印刷

书　　号：ISBN 978-7-5190-0695-2

定　　价：46.00 元

作者简介

徐林芬　笔名一凡，1994 年毕业于浙江水产大学机械设计专业，2005 年获得浙江大学心理学硕士学位，2009 年入学华东师范大学发展与教育心理学博士专业，2010–2011 年期间为哈佛大学访问学者。

目 录
contents

前　言

写书不是为了教导别人，也不是向读者炫耀自己超群绝伦的能力。写书其实只是一种赶超了旧的自己，而蜕变成新的自己的证明。它绝对不是为了自我满足，它只是为了将自己克服的苦难作为例子告诉周围的人，在鼓励其他人的同时，也衷心地希望自己的经历对于读者能够起到抛砖引玉的作用。

——尼采《人性的，太人性的》

这本书讲述的是一个经历逆境，而又身心发展健康良好的女孩的成长故事。她成长于70年代，也许书中的很多情境是今天的孩子们难以想象的。

写作的时候只是出于自我疗愈的想法。源起于许多年前我在华东师大攻读博士学位时，一门心理学课程的作业，讲述个人成长经历。我与少数朋友分享这个故事时，一些朋友告诉我，他们在阅读的过程中，感受到了与故事中主人公情感的共鸣，喜欢这些文字与散落其中的心理学知识，阅读这些文字帮助了他们自己的生活，于是在朋友们的鼓励和期待中，文章得以继续。后来，有朋友提出既然这些文字对读者有帮助，何不出书？于是才有了出书的想法。

我的人生经历既没有什么特别之处，也颇有些特别之处。我曾在极为简陋的乡村祠堂学校念过书，也在世界上最美丽的哈佛大学求过学。曾是班上最差的学生，考试总不及格，被老师斥为：我们班上已经很多差生了，来了个你又这么差。也被许多人视为榜样：在工作七年、结婚生子之后，考上重点大学的硕士生，并在毕业时获得优秀研究生、三好研究生以及优秀毕业生等荣誉。我的童年在贫穷中度过，成年后幸运地由于时代经济发展的恩泽而拥有令人羡慕的财富：读研究生时，是系里唯一开车上学，拥有豪宅的学生，随后又因为离婚、投资不善而几乎一无所有。

人生总充满诸多不可预期或者无常的东西，这些东西总是在人们最无法预防的时候，冷不丁地出手，给人以沉重的打击和痛苦体验，或者是完全相反，给人带来无法预想的巨大幸福和甜蜜享受……

无论是幸运的、不幸的经历，都给到我很多礼物。幸运的生活里，我享受到生命甜美汁液，感受到平凡人生里的快乐和幸福，这些都滋养了我的身体和心灵。然而，古老的西藏智慧告诉我们："凡事都一帆风顺，其实是最糟糕的事情。因为只有当我们陷入麻烦时，我们才会去思考事情的发生真正源自何处。""越大的不幸越值得经历！"因为正是这些痛苦而不幸的经历，赋予了我坚强和勇敢，智慧和勇气，去接纳生命中发生的一切。

人生最大的收获不是终生躺在"幸运的玫瑰床"上，而是能够既有勇气接受命运给予的挑战，也有胸怀去体验和感受生命中更多更美好的东西。

如果在这本书中恰好有些对读者有帮助的理论或高见，那并不来源于我，而是来自许多生命的教导，它们一直存在于宇宙之中，我只是有幸在自己经历中体验和见证了大师们的智慧，仅此而已。

《美国科学院院报》的一篇研究论文报告了这样一个事实：与中产家庭中的同伴相比，贫困家庭的孩子表现较差。除了更差的教育条件、营养情况、医疗环境，压力同样是损害贫穷孩子工作记忆的一个重要因素，贫穷与神经生物学间强烈的关联性已经得到了证明。而心理学的研究发现，一个人最大的创伤是童年期母亲的缺席。

童年失去母亲的痛苦，恐怕只有切身经历过的人才能体会，我很难找到合适的语言可以描述它。我的童年既贫穷也没有母亲的陪伴，所有关于她的印象来自于周围其他人的语言。但贫穷留给我的烙印比较少，我对金钱一直抱有天真的信念，不像是经历过贫穷生活的人。或许是因为，对一个孩子而言，没有母亲的爱是一件难以承受的痛，相比之下其他的没那么重要。

一位好友形容我：除了爱，什么都可以不要。其实谁不是这样呢？那些看起来不断追求金钱的人，内心深处渴望的也是被爱、被接纳。

我从小就有一个特别的梦想：希望自己在老年的时候可以是一个可爱的老太太，而不是一个依仗年龄、资历、权威而生活的无趣又可怕的人。

一直努力学习是为了成就这个梦想。

很喜欢这种说法：写作就是一种疗愈，一再描述的过程，使得生命本身成为通过各种被述说的故事编织而成的布匹。

深林青草自芬芳

时至青杏小小的今日，我和林芬只有一面之缘。

之后，网上往来也是我们唯一的交往方式。林芬是心理学工作者，是一个称职并不断努力寻求心灵成长的心理学工作者，我确信以她笃实好学的治学风格，平易近人的工作方式，定能在很快的时间成为心理咨询界，及心灵成长领域的翘楚。何况她现在已有非常丰富的个案、讲学及专栏写作的资历。

我也是国家二级心理咨询师，但心理学是我的业余爱好，是我窥视神秘人生的一扇小窗。随着年龄与心理历程之日长，我越来越能感悟“性格决定命运”的深意，因而总想探讨到底是什么决定着一个人的性格，或者说，一个人的性格究竟是怎么形成的，心理学似乎给我指明了一个路口。我和林芬就因心理学结缘。

四年前的初夏，受华夏心理学校的老师之邀，在北京图书馆参加“心灵成长”工作坊，林芬和我都坐在第一排座位，中间只隔一位雍容华丽的贵妇。我感恩天意的安排，在我刚坐好在椅子上时，林芬一袭长裙半袖短衫翩然而过，拖着一个较大的与她身材不太相称的行李箱，看得出，她是一个经常外出的人。课间休息，左右前后的同学彼此简单了解，互留联系方式，我和林芬也彼此交换笔记本，写下自己的手机号和QQ号。林芬不是现在时尚所标榜的美女，但言谈举止间能感染我的是她的自信大方，还有她江南女子特有的，慢声细语里略带的轻羞。像清风舞动中，一阕易安居士浸满酒香的《点绛唇》。感染之后还有吃惊。她是从事心理咨询职业多年的咨询师，并且特意从杭州坐飞机来北京听课。那次参加工作坊，我带了几个经我介绍入门心理咨询的同事，我们与北京近在咫尺，开车一个多小时就到了北图。我当时指着林芬对我带去的几个同事说："看看人家，自己打飞机票过来听课，多好学！"，说实话，我真的被林芬的好学之举深深打动了。其中还有一个举动让我至今不忘，工作坊大概是两三天的时间，中途林芬拉起行李箱就要走，走过我面前的时候，我好奇地问她怎么不听完再走，她轻轻地说，再听下去感觉没意思了。当时我就很快反应到，这是一个不迷信权威的人。在学术上，不迷信权威来自于有自己的主见，敢于坚持自己的主见来自于深厚的学术功底，和工作中丰富的实践经验。我下意识里惊叹了一声，这个女人真的不简单。

在学术思想交流上我是十足的大男子主义，欣赏的女人很少，林芬让我感到意外。工作坊后我整理笔记，看到了林芬给我留下的联系方式，我带着欣赏与好奇之心加了她的QQ，开始了时至今日的网上交流，几乎从未间断，只是她去印度学习时，因她无法上网才断了几天联系。我是个充满好奇心的人，从开始向她学习心理学方面的内容，到后期交流心灵成长的看法，我越来越被她渊博的知识，清晰的思路，治学严谨的风格所折服。这些年来，我们由QQ到微信，由文字到语音，由私聊到加入林芬组建的朋友群，我介绍了包括我妻子在内的很多心理学爱好者，都成了林芬的铁杆粉丝。

真诚感恩上苍的厚爱，感恩那次与林芬的一遇。如果说人生中有很多驿站，那一站，不只是改变了我一个人的命运轨迹，包括我把林芬在微信上介绍后保持联系的人，都在人生路途上找到了一个新的方向，看到了一片新的天地。那个方向是登陆幸福之岸的方向，那片天地是充满至诚至爱的天地。按林芬的话，学会爱是我们今生必修的功课。

说到这，是不是有人认为我文笔夸张，口出阿谀？当你读了林芬的这部作品之后，就会发现我是一个多么诚恳又真挚的人。林芬这部作品，在她的微信分享群里已和我们众多粉丝分享多次，并且几易其稿，有时她感觉不好时还会从头重写。她写得专注，我读得投入。有的段落是她私聊发给我的，她看得出我在她的作品里与她有很深的连结。她潜移默化地把心理学领域的最新学术成果，和在日常生活中，对所有人和家庭都受益终身的心理学法则，融入她的作品情节之中。文笔娴熟，分析深刻。文学性和学术性水乳交融，相得益彰。每次读她的作品，我都会沉浸在情节之中，与林芬产生很深的共鸣。曾经一度到了痴迷的地步，每天不见她的续写都会寝食不安，这时我会给她发微信，每次都是四个字，“期待继续”。大多在这种情况时，她一定满天飞来飞去地讲学，助讲，学习，或像李中莹老师一样，举办工作坊。这时，我会浮想联翩，在这芸芸众生之中，林芬会遇到多少像我这样的有缘人？按林芬的话，这应该是一些在心灵深处能产生很深连结的人吧。这种连结是真诚的，纯洁的，超越语言、超越时空的拥抱。在心理学层面看，这也应该是人类社会生存进化能到今天的一块基石。

从职业角度来说，我称她为林芬应该略显轻慢，称徐老师似乎更为妥帖。可是多次看了她的成长经历后，感觉她就是我的亲人，一个单纯的女孩，单纯到为了心灵的成长，不顾名利不顾生计的“修女”，我还能怎样称呼她？

我问林芬，在她的社交圈里名人云集，专家众多，为什么让我为她的作品写序，她说：“我不想借名人之名”，哈哈，我如果写了，我倒是借名人之名了。

一夜未眠，感慨万千，字斟句酌，用心缜密，相形林芬佳作，恐成白璧斑瑕，唏嘘良久。远村鸡鸣，近巷车响，不觉东方既白，搁笔抚案，心绪依旧难平。谨祝林芬生活幸福！所有有缘读者，所有无缘未读者，都生活幸福！

是为序。

梦雨江南

2015．4．25．晨4时又9分于悦心斋

内在之旅

“我本来只有耳朵，现在却有了听觉；
以前只有眼睛，现在却有了视觉；
以前是一年年过，而今活在每一刹那，
以前只知道学问，现在却能辨别真理。”

——亨利·戴维·梭罗

多次逐字逐句拜读《静等花开》，感动时有忍不住的泪光，领悟时是豁然开朗的舒畅，掩卷时思绪飞扬的是作者经历的点点滴滴。想用一个词或一段话提炼读后感时，《瓦尔登湖》中的这首诗，映入眼帘，很贴切读后的心境。这不是文中讲的“宇宙的信息是全息的……我们与他人，与宇宙，每时每刻都在这种连结之中"的具体表现吗？

林芬是我高中同学，但我不认识也不了解。关注《亲密心法》微信公共平台，才知晓她在心理学领域孜孜不倦地探索着；深读此文的前身《爱的功课》，才隐约推测出她的过去；邀请来瑞安图书馆作公益讲座，才目睹了她甜美、婉约、知性女性的风采。

欣赏林芬的随笔，是感受她心灵的成长，是倾听她灵魂的声音，同时也是开启提升自己的内在之旅。

在旅行中，品尝了主人翁麦琳童年的孤独与凄苦，青春期的萌动与烦恼，大学时光的幼稚与悔恨，教师生涯的觉醒与收获，美国生活的辛苦与历练，婚姻的变故与创伤，内观的修行与净化，催眠的学习与领悟等。

在旅行中，学习了作者林芬心理学的一些观点。比如：一个人受童年的制约非常大，往往会有一种弥补童年时期缺失的冲动，这个缺失会在某个时期成为主宰人生的重要力量。又比如：当家庭中有问题的时候，孩子总是首当其冲的受害者。孩子的行为或症状是家庭问题的表达，真正的问题一定隐藏在后面。再比如：好品质的催眠状态是专注而放松的。生命又何尝不是如此，唯有当人们处于专注而放松的状态时，生命才能活出最好的品质。

在旅行中，有认识自己的冲动。想要真正地理解一个人，必须要了解他的成长史。对于自己也是同一个道理。回忆了自己童年的创伤，反思教育孩子的理念，深究美好持久婚姻的因素，捕捉酒后胡言乱语的动机等。在这里，我也了解了“团体治疗”，是人们通过一种体验式的学习来了解自己，了解自己与别人的交往模式，觉察到并消除自己的内心盲点，从而达到个人全方位的心灵成长，也从根本上修复自己与社会人际关系中的沟通互动模式。

在旅行中，感受到了文章主题明确——静等花开；结构清晰，22个连贯而又相对独立的故事；语言优美，行文流畅，如“大自然清新的微风、散落的阳光和芬芳的植物对治疗疾病有益”等随处可见。尤其是篇首的自创诗歌，开门见山，富有哲理，是全文的画龙点睛之笔。

这次旅行，是一次魂牵梦萦的旅行，梦见《静等花开》有十次之多。弗洛伊德说：“梦是愿望的满足。”深受林芬的影响，我现在的愿望是听从内心的声音、关注内在的需求，这也是读《静等花开》最大的收获。

涂华国

二○一五年七月七日晚

当麦琳告诉我她的生命故事时，我觉得她的故事既好听，又对人有启迪，所以，我把它写下来。并且奉上她写的一首诗《静等花开》。她说，每一件事情都需要时间来成长。人生之路充满了风雨——而这样是好的。它为你的勇气和能量带来了挑战，也为你的胜利增加了喜悦和欢欣。所以，本书以她的诗命名。

静等花开

偶然地
或必然地
你根植在这块
相对阴暗的角落
阳光只是偶尔
光顾你
当所有的兄弟姐妹们
争妍斗艳的时候
你还在默默地生长
今天
当他们都凋谢枯萎已久
你绽放了
异常美丽
给人们带来一份惊喜

每一颗种子
都是大自然的创造
都包含它自己的奇迹
亦有
不同的花期
即便来自同一家族
也可能因为
外在条件的不同
选择在不同的时间开花
所以
请父母们
慢养孩子
静等花开

最初的时光

童年，是人生中最美好的一段时光。说起童年，绝大部分人都会满怀感情地陷入回忆中。很多人说，童年之美在于它的无忧无虑，但并非每个人都有无忧无虑的童年。

“麦琳，快起来穿上衣服！”一天夜里，麦琳在睡梦中被奶奶叫醒。

“奶奶，我困，要睡觉。”麦琳迷迷糊糊地说。

“你爷爷来了，他刚才站在床头，我看得很清楚，穿着绿衣服，他来叫我跟他走……我们得起来去找叔叔回来。”奶奶的声音透着恐惧。爷爷早已过世，麦琳隐约知道奶奶的意思是爷爷鬼魂回来了，她还不是很懂鬼，但也有些害怕，赶紧起来跟了奶奶走。

好在月亮要保护着麦琳似的，一直跟着她走。

“奶奶，月亮一直都在跟着我。”

“是的，月亮也和奶奶一样，最喜欢我们家的麦琳了。”

“月亮里面有树。”

“嗯，月亮上还住着一个漂亮的嫦娥姐姐，她在天上专门保佑乖孩子的，你乖乖听话，她就会保佑你。”

“奶奶，我不乖吗？”

“你很乖，现在不要说话，鬼看不到人，一说话就会被鬼知道你在哪里？”

麦琳一听，再也不敢出声了，连脚步都要轻轻地踩。

麦琳跟着奶奶借着微弱的柴油灯在村里的小路上走着，乡村的夜里一片寂静，远处时不时地传来狗叫的声音，麦琳想起鬼魂之类的故事，远处近处动或不动的屋顶、树木，似乎到处都是晃动的鬼影子，麦琳拉紧奶奶的手，免得一不小心被什么东西抢了去。

一个旧式木屋缝隙里透出丝丝亮光，还有嘈杂的说话声。奶奶推了门进去，二叔正和一群人在打牌。

“阿允，快跟我回家，你爸爸回来了。”

“你又发疯了，我爸走了肯定不想回来找你。快回家去睡觉，还三更半夜地把麦琳也叫出来。”

“你这个没良心的，整天不干正事，你爸都是被你气死的，你还说我疯了，你们全都是没良心的疯子。”奶奶边说边哭了起来。

“叔叔，回家吧，我害怕！”麦琳拉着叔叔的衣角，怯怯的声音让阿允马上放下手中的牌，说：兄弟们，我们先散了吧，改天我再赔礼。

叔叔一把抱起麦琳，说：“走，叔叔送你回家睡觉。”麦琳趴在叔叔的肩上就睡着了。

不知道为什么，这个夜晚发生的事麦琳印象特别深刻，她觉得应该是心里对那些鬼影子的恐惧。

麦琳的童年，分为两个不同的阶段，在三岁之前，麦琳作为家中的第一个孙辈，深受爷爷奶奶、爸爸妈妈和叔叔们全家人的疼爱的。那时候麦琳同所有的孩子一样，爱撒娇、会赖皮，幸福地享受着家人的爱。

三岁半时，爸爸妈妈离婚了，妈妈从此再没有出现在麦琳的生活中，爸爸也去异乡打工。麦琳的记忆里，家里永远只有她和奶奶。

麦琳和奶奶祖孙俩相依为命。奶奶的身体有奇怪的毛病，身体不舒服的时候需要吸烟、喝酒才感觉有力气，南方的农村妇女是很少有抽烟的，抽烟的女人也会让人瞧不起，奶奶又没钱买烟，只能捡别人剩下的烟头，还会叫麦琳帮她捡烟头，麦琳对此感到痛苦、羞耻。虽然年纪小，麦琳已经能够感受别人异样目光里的鄙视，小小的麦琳已经会感到非常羞愧。

麦琳很羡慕那些可以在妈妈怀里撒娇的小朋友，常常在心里想：我为什么没有妈妈？

麦琳有时候会从邻居大妈们的口中听到妈妈的消息。

“这孩子长得真像她妈。”

“她妈妈是个恶毒的女人，把米饭只做给自己吃，给在外干活的老公吃番薯干，罪过啊。”

“你妈妈走的时候，你从屋里追出来哭喊着叫妈妈，我也要去，她头也不回就走了，据说还把你穿的衣服都带走了。”麦琳听了这些觉得很难过，为什么自己会遇上一个这么坏心肠的妈妈。

但是晓红婶却告诉麦琳：“你妈妈她很爱你，她是个很善良的人，你调皮她都不舍得打你，经常拿一根稻草装模作样地要打你，但都没有真的打。”

“晓红婶，我小时候很调皮吗？”

“也不是，小孩子都调皮、都爱玩，但是你妈妈都不舍得打你。”

麦琳搞不清哪个才是真实的妈妈，但她特别爱听晓红婶说的话，她希望这是妈妈真正的样子。

奶奶常常会因为喝醉酒把麦琳给忘了。

夏天的一个傍晚，天快黑了，和麦琳一起玩的小伙伴们一个个都被妈妈喊回家吃晚饭了，麦琳也只好回家，可是回到家里，却怎么也找不到奶奶，麦琳屋前屋后地喊着奶奶，但是奶奶都没有回答，天黑下来了，奶奶还是没有回来，麦琳找邻居帮忙。

“这老太婆死哪去了，天黑了也不知道回家？”

“肯定是酒喝醉了，倒在哪里了？”

“要不你来我家睡吧！”

邻居们七嘴八舌地议论了一番，帮忙找了下，没找到，就数落起奶奶，麦琳有些不舍得奶奶被骂，但是这时候绝不敢驳了邻居们的好意。

麦琳从来没有晚上离开过奶奶，她也不想睡到别人家，她又害怕又痛苦地哭了起来。本来邻居们都在帮忙想办法，她这一哭，大伙儿就想散了。

“麦琳，你别哭了，你哭了别人还以为我们欺负你了，你再哭，我们就都回家了。”麦琳只好止住哭声，对阿柳嫂说：“要不我就去你家睡吧。”

“我女儿现在又不同意了，她不想让你和她睡一个床。”刚才提议过让麦琳去她家睡的阿柳嫂不知怎么又改口了。这下麦琳无计可施了，连哭也不敢。她这个时候梦想着自己的妈妈从天而降：“麦琳，妈妈来带你走。”

邻居们渐渐散了，只剩下最后一位阿春叔陪着麦琳。

“我再去帮你找找。”阿春叔坐了一会后，起来往麦琳家屋里走去。

“麦琳，麦琳。”一会儿，奶奶摇摇晃晃地从屋里走出来。原来奶奶喝醉了酒，躺在阁楼里睡着了，阁楼平时是叔叔住的，现在叔叔也外出打工了，已经很久没人上去过了，阿春叔上去找到了奶奶。

麦琳看起来显得比同龄的小朋友笨。

有一天麦琳从舅公家回来时，邻居小朋友小兵跑过来对麦琳说：“麦琳，你的成绩单发过来了。”麦琳暗暗高兴，她以为成绩单是什么好玩的，兴奋地打开厨柜，问：“在哪里，我的成绩单在哪里。”

“没有啊，在哪里？”

“喏，不就在这里吗？”同伴小兵跑去打开柜子拿出一张纸。

原来只是一张纸而已，麦琳不禁有些失望。麦琳看到上面写着语文：60，数学：50。麦琳还不明白这什么意思，赶忙问小兵。

“这个都不知道啊，这是说你语文期末考试考了60分，数学考了50分，不及格。”

麦琳知道不及格可能是不好的，有些不好意思，不过，反正也没人在意，成绩不好倒是对麦琳没造成太大压力。

一次上数学课，麦琳的头发上有虱子，很痒，她在抓虱子，被老师看到揪到黑板前，麦琳自己还没明白犯了什么错，一脸茫然，但站在全班同学面前让麦琳觉得很难堪，麦琳低着头，不知所措在看着地面，数学老师抓起麦琳的头发，生气地说：“坐在下面不好好听，站在上面还敢摆臭脸给我看，头抬起来！”很多年以后，麦琳上了重点中学，每次想起这个老师还很生气，她根本只是害羞，完全没有他说的想法，她哪里敢，这个可恶的老师，随意给她安罪名。

麦琳没有父母的照顾，上帝却一直照顾着她。奶奶说，麦琳命大，有好几次都大难不死。

一个夏天，倾盆大雨过后，麦琳和一群小伙伴在屋前一条不宽的小河边玩。

麦琳一不小心掉进了河里，“救命！救命啊！”麦琳拼命喊，但滚滚的河流很快把麦琳冲到河对岸。小伙伴们想伸手拉麦琳，但已经够不到了，几个小浪之后，河水把麦琳带到对岸边，麦琳仍然在水中沉浮，一个机智的小伙伴拿了一根竹子伸过来，麦琳在慌乱中居然抓到了竹竿，慢慢地上了岸。

上岸后，麦琳才吓得哭了，一路跑回家，原以为奶奶会安抚她，从来没有批评和责骂过她的奶奶，这一天却奇怪地拿了一根棍子打麦琳，边打边骂：“胆子这么大，敢到河边玩，看你下次还敢不敢去？”麦琳不懂平时疼爱她的奶奶，为什么会突然变得这么残忍，惊吓加上疼痛，麦琳使出全身的力气使劲地哭，心里恨死了奶奶，那个时候她梦想着——一个美丽优雅的女人，突然间从天而降，是麦琳从来没有见过的妈妈，她抱起麦琳：宝贝，不哭，来，妈妈带你走；然后，给麦琳一堆美丽的衣服和好吃的糖果。这个梦带来很好的安慰，麦琳觉得也没那么疼了。

后来奶奶经常说：你呀，真是命大，掉进河里这么久，还没淹死，一个小毛孩居然还救了你，俗话说大难不死，必有后福啊！你以后，肯定会有福的。

奶奶的话给麦琳一个很坚定的信念，她长大后会很有福气。

六岁多时麦琳第一次见到爸爸。一个夏天的傍晚，麦琳正和几个小伙伴在院子里玩，突然邻居有人叫：“麦琳，你爸爸回来了。”麦琳已经好几年没有见到爸爸，根本不认得他，一听这话，麦琳兴奋跑到马路上，看到一个不认识的男人，就过去抱住他的大腿喊：“爸爸，爸爸。”

那个男人笑着说：“我不是你的爸爸，你的爸爸在后边。”

麦琳松开他，往他指的方向跑，有一个男人蹲下来，麦琳心想这个一定是，就冲了过去。

爸爸回来后，麦琳有了一个新家，开始与别的孩子一样，过上正常的生活，有了另一种完全不同的内心体验。

麦琳家在一个三面环江，一面靠山的平原上的一个村子里，爸爸告诉麦琳，他们家祖先是从外地迁过来的，在本地属于小姓人家。他们家的祖上是书香门第，在祖爷爷那一辈，还是地主，家里财产丰厚，但是子嗣人气不旺，只有一个儿子。有钱人家的独生子通常容易被宠坏。爸爸的爷爷开始吸鸦片，家道败落，等到麦琳爸爸成年的时候，家里连祖屋也卖光了，只好借住别人家的房子，在这种情况之下，当然娶不到当地的媳妇，只好到外村娶了腿有残疾的姑娘，可是，娘生下麦琳之后，还是嫌弃家里太穷，走了。

对于年幼的麦琳来说，除了邻居和小朋友们的嘲笑偶尔让她感到有些不好过，然而孩子的天性是健忘的，容易满足，虽然没有父母陪伴，但是大自然是麦琳很好的玩伴。这个时候，她对于生活的苦并没有深刻的感受。

那个时候，乡下没有汽车、电视，甚至还没有自来水，然而大自然在麦琳记忆中充满了魔力。暖暖宁静的春日，麦琳和同伴们在一棵棵枝繁叶茂的大树下乘凉，在屋前的田里捉青蛙，在花丛中捉蜂蜜，在草地上拔草、放风筝，在小溪里摸爬滚打，在树林里爬树和玩捉迷藏等一些充满细致想象的游戏。麦琳会在那些时间里完全忘记父母不在身边、没人疼爱的苦恼。

随意地嬉戏、在大自然中探索、玩耍，自然会激发孩子愉悦的心情，以及对生命奥秘的好奇和对学习的热爱。

麦琳的童年虽然没有父母的关爱，但幸运地可以生活在多样化的自然环境中，并且能够在其中自由地探索，这或许是成年后的麦琳一直保持着好奇心和好学的缘故。

麦琳家乡的美，不仅在田野、小溪和树木，还有河流。

几乎每个村子都有一条河，那个时候的河水是清澈见底的。麦琳和小伙伴们在河里洗东西、游泳，还有捉鱼、摸螺蛳。

摸螺蛳是麦琳很喜欢的一件事。

晚上的时候把一种宽棕树叶放到河里，第二天一早只要提着绳子上来，棕树叶上就会聚集了密密麻麻的螺蛳，敲了炒着吃，就是一盆美味的菜。

春天的时候，屋前的田野就可以看到一大片盛开的油菜花，像一个金色的花海。

大自然的美丽和慷慨，给了孤独的麦琳童年最好的陪伴与温暖。古老的传统和常识告诉我们，大自然清新的微风、散落的阳光和芬芳的植物对治疗疾病有益，对心理健康同样有益。

怎么这么笨

如果你有一个不让你自由地选择自己的衣服、玩伴和食物的父母，那么长大后你将成为一个依赖别人的人。如果你有控制欲很强的父母，你长大后倾向于继承父母的强控制欲，如果你在童年时期经常被惩罚，你的不良行为会更多，你会学会怎样能避免被惩罚。可能，你会变成一个鬼鬼祟祟的人。如果童年时期你和父母有良好的情感关系，你在以后的生活中容易和伴侣创造出健康、亲密的关系。

爸爸结婚后，麦琳和爸爸搬到了距离奶奶家不远的另一个村，和后妈以及后妈家的哥哥们组成一个新的家庭。

麦琳开始时很高兴，对新的环境中的一切都很好奇。但是进入一个陌生的环境、系统，对于一个内向、自卑的孩子，会面临很多挑战。

不久她就发现，这里并不安全。很多时候，她会不经意间犯下错误而被处罚。有一次哥哥让她取畚箕，可是麦琳以前没听过这个词，不知道哪个是畚箕，她还没反应过来，哥哥就在麦琳的脑门上响亮地敲了下。爸爸在屋里也听到了，急忙走出来问："谁打她，刚才是谁打她。"情形很明显，麦琳也没敢吱声。有时候麦琳吃饭没用手拿住饭碗，哥哥就会举起筷子敲在她手上，令她猝不及防。除了疼痛，麦琳更多的是感到难堪、紧张。以前从来没有人告诉她这样做不对，她根本不知道自己哪里做得不对，这样一来，麦琳总担心做错事，越担心越容易出错，以至于麦琳看起来越发显得呆笨。

如果希望孩子做什么，应该直接告诉他如何做才对。

惩罚只会让孩子感到无措和恐惧，并不能使好的行为发生。

妈妈看起来很喜欢麦琳，给麦琳买了很多漂亮的新衣服。麦琳很清楚地记得那天下午，爸爸和新妈妈坐在一起，让麦琳叫她妈妈，这样麦琳就可以得到这些新衣服。对麦琳来说，倒不是不想叫，麦琳一直盼望着可以和别的小朋友一样可以叫一声“妈妈”，只是麦琳已经上小学一年级了，突然间要叫一个才见过几次面的陌生人妈妈，有些难以开口。

这个词对麦琳来说很陌生，好像嘴巴也不习惯发这个音似的。麦琳一直傻傻地站在那里，爸爸和新妈妈威胁与利诱兼施地想让麦琳开口，麦琳也在心里很努力，可是好像一股气被什么卡住了，就是叫出不来，大人们等得都快失去耐心了，麦琳开始害怕起来，怕爸爸不高兴，怕新妈妈不高兴了，恐惧给了麦琳勇气，麦琳终于轻轻地叫出了声“妈妈”，自那以后，麦琳就叫妈妈叫得很顺口了。

麦琳在新家里有了很多全新的体验，麦琳享受了独女的优厚待遇，拥有比哥哥们更多的漂亮衣服。妈妈说过好多次：“幸亏你是女孩，如果你是男孩，我就不会和你爸爸结婚了。”这使得麦琳一直为自己是女孩而庆幸。过了但不久，麦琳又渴望自己是男孩，在农村，洗衣服是女孩的事，男孩不用洗衣服。

作为家里唯一的女孩，麦琳也需要为全家人的洗衣负责，在那个时候农村里并没有自来水，需要把衣服拎到山脚的小溪里洗，这对当时的麦琳而言，有些超出她的能力，爸爸和哥哥们的粗布外衣在溪水一洗就会变得很沉，麦琳的小手搓得很费力，洗好了拿回家也是一件困难的事，麦琳需要在路上歇息无数次，才能把洗过之后变沉了的衣服拿回家，通常到家时手和胳膊都累得抬不起来了。

妈妈因为生活的压力，有时候脾气经常很急躁。

有一天放学后和小朋友们玩跳绳，太过高兴以至回家天黑了都没注意到，等到小伙伴们都被妈妈叫回家吃饭了，才发觉已经很晚了，麦琳提心吊胆地回到家，妈妈果然很生气，却不大声骂麦琳，只是指着麦琳的额头厌恶地说："看见你真讨厌。"

或许每个孩子都有过被妈妈骂的经历，但是对于麦琳，因为原本就是比较胆怯，又不是亲生的母女，妈妈不高兴的语气就足以让麦琳胆战心惊了，本来还没有建立起信任感和归属感，被批评了也不敢辩解。麦琳宁愿妈妈骂着她：你怎么这么晚才回来，下次还敢这么晚回来，我要打死你。麦琳就会求饶说：以后不敢了。可是，妈妈并不批评麦琳晚回来，而说讨厌她，这使麦琳感到自己是不可爱的，是不好的，所以深感自卑，也使麦琳一见到长者或权威人物就不知所措，所以，年幼的麦琳看起来颇为愚笨。

麦琳在新的家里感到的是生活在充满威胁的环境里，时时有危险。

在新家里一次次的否定和指责，使得原本看起来就呆笨的麦琳，显得更加愚笨。也许麦琳成年后一直努力学习，潜意识中或许是为了证明自己并非如别人所认为的那么笨。

童年没有被肯定的孩子，成年后也会毫无主见，遇事总会慌乱，担心，同时要极力证明自己，或极力防御。

如果一直这么笨，麦琳的人生就没有什么可书写的了。然而，她的命运发生了一个意外地转折。

爸爸结婚后麦琳也跟着转了学。这个村小学是属于乡中心小学，比原来庙里的学校好了许多，原来的庙里小学中，老师大都自己小学也没有正式毕业，现在这个乡中心小学的老师，大都是有编制的老师。

刚转学时，麦琳的成绩很差。第一学期小考后，老师就对麦琳说："我们班差生已经很多了，现在你转过来又这么差，怎么办？"以前从来没有人要求麦琳学习好，她也不知道学习好有什么用。现在知道，学习不好，是要被老师嫌弃的，麦琳开始希望自己是个能够让老师喜欢的好学生。妈妈也会激励麦琳：你看阿莉又有奖状了，如果你也有奖状，我给你买漂亮的衣服。虽然妈妈后来并没有每次都兑现她的承诺，但是她教导给麦琳的积极向上的品质一直陪伴了麦琳一生。

麦琳刚开始并不知道如何才能学习成绩好，让妈妈高兴、老师喜欢。老师上课表扬一些同学作业本干净，错误少，麦琳放学回家后，就把自己做错的作业，重新工工整整地抄一遍，错了就重抄，这个笨拙的方法居然让麦琳的成绩进步很快。

小学毕业时，麦琳出人意料地考上了区重点初中。

意外是因为这件事出乎所有人的意料，包括麦琳自己。

虽然麦琳后来学习认真，有了进步，当时谁也没有注意到。当录取通知书到达学校的时候，老师们竟然都说我们学校没有这个人，肯定是弄错了。于是通知书又被送到另一个乡。通知书被送来送去，辗转了好几个村后落在了诸校长的家里，诸校长问了几个其他学校的校长，其中一位校长觉得看到这个名字有些熟悉，他回忆起是他表妹家的新孩子，表妹就是麦琳的妈妈。

“你家的女儿是不是叫麦琳？”

“是的，怎么啦？”

“她考上区重点中学了。”

“你确定是她吗？”

“是来自金星小学的，这里只有她姓张。”

俗话说：三尺头上有神灵。麦琳一直深信每个人都有一个神灵在保佑着，上天一定知道她是个爱学习的孩子，或者说这是她的命运和使命。

父母原本已经计划等麦琳小学毕业，就同其他农村的女孩一样，给父母当帮手。这个结果不仅改变了周围人对麦琳的看法、态度，也改变了麦琳命运的方向。

初中开始，麦琳一个人在家上学，父母兄弟都到遥远的北方经商。

初中的学习生活，虽然条件也艰苦，却是麦琳人生中有特别意义的时期。这是她第一次归属于一个“优秀”的群体。考上这所全区最好的学校，是一个很大的荣誉，是群体中的佼佼者才有资格进入，这对麦琳的潜意识是一个极为不同的暗示：她并不“笨”。

这所老师口中条件比较好的学校，其实也相当简陋。学校的宿舍、教室在山上，食堂在山下，山上没有自来水，学生们需要到山下从井里打水，提到山上的宿舍里用，夏天的时候，井里的水位变得很低，有时要爬到井底去用杯子舀到桶里，再拎回宿舍，这个对于瘦小体弱的麦琳来说，是比较困难的活。

刚开始住校生活时，麦琳个子小发育又迟缓，每周末放学后，从学校到家里要过轮渡、走路一个多小时。到家时，仍然孤单一人。此时刚刚改革开放，麦琳的家乡地少人多，资源缺乏，很多人就去外省做买卖，麦琳家原来特别穷，还欠了不少债，父母第一年外出就挣到钱还了债，于是逐渐地把哥哥们都带出去了，他们都在千里之外的北方。那个时候交通不方便，为了节约路费，他们有时一年，有时好几年才回来一次。平时，麦琳就靠信件与他们交流。

得不到父母关爱的孩子身体也会很虚弱。麦琳从小就总是生病。

第一学期快到期末，麦琳得了急性黄疸肝炎，不得不休学在家。麦琳想到自己好不容易考上重点中学，现在却又因为身体不好而休学，她不知道还可以重新上学，以为就没机会了，一个人放声号啕大哭了整整一个下午，妈妈在一旁不停地问麦琳想要什么，只要说出来，都会照办，而麦琳的哭好像打开的闸门无法关上。或许麦琳把她以往压抑在心里的难过苦闷全都释放出来了。妈妈被麦琳吓坏了，她觉得这孩子不是疯了，就是中邪了，她请了一群基督徒围在麦琳床边唱赞美诗，麦琳平生第一次得到那么多人的关注和祝福，第一次感到自己是重要的，心满意足地沉沉睡去。

疾病有时真是来自灵性的启示。这次生病又让麦琳的人生迈向一个新的台阶。

新学期开学过了一周，麦琳才再次回到学校里。

老师说："麦琳长这么瘦，看起来气色不大好，我看她留到下一个年级学习比较好，轻松些。"

"不，会被同学笑。"

校长亲自告诉麦琳："你身体不好，要休息，如果不留级，要补落下的功课，还要学习新内容，会很辛苦，再说现在刚开学新同学还互不认识，没人知道你是留级生，我等会亲自送你到新班级教室去，就说你生病报到迟了，你看这样好不好？”

麦琳被感动了，从来没有人如此认真对待她，况且还是一校之长，是当时她生命中最具权威的人了，他如此重视她，对她如此和善，她立即点头同意了。

麦琳开始了与同龄人一起学习的生活。

苦涩的甜蜜

由于父母不在身边而无法得到抚慰时，儿童或青少年归属和爱以及尊重的需要可以从同伴集体中获得，可以从同伴交往中得到宣泄、宽慰、同情和理解，因他们在感情上得到同伴的支持而产生安全感和责任感，他们相互帮助克服情绪上和心理上可能出现的问题，从而获得良好的情感发展，学会与其他人共同参加活动，学会如何沟通和如何处理与其他人的矛盾。

发育迟缓的麦琳，在原来的班里显得特别稚嫩，经常被欺负。在新的集体里，麦琳与同学们年龄更接近，麦琳的成绩越来越好了，因而也得到同学和老师的喜欢，这对麦琳而言，是从来没有得到过的礼物，她也更加努力地学习，来保持来自同学、老师的肯定与赞赏。

生命中最初的美好的记忆也是开始于这个阶段。

许多年后麦琳学习心理学，她读到《像狗一样养大的孩子》一书，书中的孩子贾斯汀的故事让她明白了她小时候为什么身体那么弱，总爱生病，情绪和情感的满足对一个孩子的健康成长极为重要。

贾斯汀 4 岁时仍然不会走路和说话，儿科医生对其作了脑部扫描，发现其大脑萎缩，没有完全发育，通常情况下，这个时候医生可以下结论说，这个孩子先天发育有问题。医生了解了下贾斯汀的成长史，贾斯汀是由一个与他没有血缘关系的老人抚养，这个老人完全不懂得如何养育孩子，除了这个贾斯汀，他还养了条狗，他完全同养狗一样地养育贾斯汀，每天给狗喂食时也给贾斯汀食物和水，从来没有和他说话和抱他。于是医生做了个实验，将这个贾斯汀送到一个有爱心的家庭中抚养，养父母给这个贾斯汀充足的爱与抚摸，贾斯汀的成长得到了惊人的进步，到了贾斯汀 10 岁时，已经可以正常上学，虽然较正常儿童稍有迟缓，甚至脑部的再次扫描发现，原来萎缩没有发育的部分也已经接近正常儿童。

成人的爱、支持对儿童的身心成长都有着重大的影响，甚至可以影响到身体的物理结构。贾斯汀在没有得到爱的情况下，身体甚至拒绝成长。心理营养对孩子的作用远远超过人们的想象。

当麦琳第一次看到自己的名字出现在红榜上第一名的位置时，感觉好陌生，她有些不相信。不久之后渐渐习惯了名字在红榜上出现。几个低年级的女生几乎成了麦琳的粉丝，麦琳第一次成了被人羡慕的那种学生。

在新的班级里，因为成绩好，麦琳从原来那种总是被欺负的对象，成了被宠爱的对象，颠覆了麦琳在群体中惯常的角色，这帮助麦琳渐渐走出原来极其自卑的自我意象①，自信心慢慢增长。

这个时期的学习生活，是麦琳记忆中最早的幸福的感受。

学校的食堂在山脚下，学生要自己把饭盒准备好，淘好米，装好水，食堂师傅会把一个个饭盒装在蒸笼里蒸好，下课的时候饭盒都已经拿出来放在桌子上，每个人自己找回自己的饭盒。因为饭盒多，每餐饭都要拿进拿出的，估计厨房里的师傅对这些饭盒都切齿痛恨，所以，大部分这些铝制的饭盒都坑坑洼洼的。为了不至于弄错和易于辨认，大部分人会在饭盒上做上标记，有的写上大名，有的画上一个特别的符号，但是仍然经常有人拿错了别人的饭盒。有时候大意地放了米却忘了放水，有时候则是放了水了，被自己或师傅不小心倒出来了，水太少而蒸出来成炒米，麦琳也是马大哈一个，这种情况也没少发生，所以，经常没饭吃，这时，只能到学校外的食物摊上买些食物。

---

① 自我意象：是心理学的专业术语。自我意象就是“我属于哪种人”的自我观念，它建立在对自身的认知和评价基础上，是根据童年经历、他人对自己的反应，自己对环境的比较而不自觉形成的。

菜是可以直接去窗口买。但是如果你想吃肉或鱼之类的好菜，必须要上一餐订好，叫作“定菜”。让麦琳每次看到都会流口水的“定菜”是肉炒豆腐干，这些“定菜”一盘盘精致地放好，定好了的学生下了课直接过来拿走就好，因为“定菜”的学生少，不用排队。

买“定菜”的通常都是家里比较富裕的学生，一盘“定菜”要比窗口买来的菜贵上好几倍，起初，麦琳是不敢光顾“定菜”的，那时候她一个星期的钱也只够买两盘“定菜。”后来，麦琳家里给的钱多了起来，她有时候也会偶尔买上一盘“定菜”。“定菜”不仅味道好、营养好，更让人感觉很特别，有特权。与“定菜”有关的悲催的事是，已经买好了“定菜”，但是吃饭时却发现饭盒出了事故，饭盒没了，或饭盒里忘了放水，有菜没饭。

学校教室后边是一片坡草地，坐在这里可以俯瞰全镇，同学们称之为“百草园”，是同学们课后玩耍和嬉戏的场所，也是看书学习的地方，百草园后面有一棵高大漂亮的紫荆花，春天的时候把校园衬托得极为美丽。麦琳和同学们每天中饭之后就会来这里，有时躺着晒太阳，有时看看书。

“麦琳，考零分。”一次数学老师用欢快地语调宣布她得了零分。所有的人都惊讶地抬起头，她知道那是不可能的，所以，并没有感到羞愧或吃惊，只是奇怪老师在玩什么把戏。

“满分。”她走上台时数学老师满脸笑容地把试卷放到她手上。老师的这种轻松玩笑的态度，让麦琳对成年人的恐惧慢慢降低了。

英语是麦琳的强项，有一次她代表学校去县中学参加比赛。那是她第一次看到县中学。

一进入县中学的大门，就看到巨大的喷水池，花坛，以及崭新漂亮的教学楼，麦琳犹如进入梦幻的世界，感觉看到的一切树、建筑物都具有深厚的文化，她还从来没有看到过这么美丽的校园，但又似乎感到有些熟悉，她感觉这是她想要生活的地方，这里的景物对她具有那么强的诱惑力。从全县各个中学参加比赛的学生和老师熙熙攘攘地来来往往，麦琳反倒突然不紧张了，能够来到这里参加比赛就是荣誉了，麦琳感到很大的满足。此时，她许了个愿：我要考上县重点高中，来这里学习。

求胜之心越切，落败之势越近。学习上得到的赞誉不仅是麦琳唯一的快乐来源，麦琳太希望考入县重点中学了，故每天晚自修下课后，麦琳都还要在教室里继续学习，期望能够保持和获得更好的成绩。老师过来检查时就吹灭灯，偷偷地躲在桌子底下，等老师走后继续学习。麦琳那个时候不懂得老师的良苦用心，开夜车看似学习时间长了，但长期这样睡眠不足不仅影响了身体的发育，也会影响第二天的学习效率的，其实是得不偿失的。尤其是麦琳的身体基础本来就不好，麦琳后来渐渐感到力不从心。不知道是因为过于努力，还是青春期身体的变化，麦琳虽然一如继往地努力，成绩却不停往下掉。

一天早上，麦琳看到同室的丽雅好像肚子疼，躺在床上很痛苦的样子，盈盈神神神秘秘、忙前忙后地照顾她，似乎发生了什么不可公开的事。她也不好去问，只是接下来的一段时间，盈盈非常细心地照顾丽雅，甚至帮她从山下打水，她觉得非常奇怪，忍不住问丽雅发生了什么，盈盈说丽雅来例假了，麦琳才想起好像在生理卫生书上看到过，但是她还从来没有在生活中见过。

自从她小学四年级之后，父母就长年在北方，她与继母在一起共同生活才三年左右。她从来都没有听妈妈向她提过这件事，这事让她感觉既神秘又有些可怕。之后，宿舍里越来越多的女生开始得到这种特殊的照料，慢慢大家的态度变得越来越不那么神秘了，来了例假的女生甚至有一种得到眷顾了似的骄傲的神情，不再像以前那样遮遮掩掩了。宿舍里开始公开谈论这件事。

“我听说我们邻居的素莲十二岁就来了。”

“我妈说太早了也不好，十四岁是最好的。”

“听说生了孩子肚子就不会再疼了。”

“我们村有一个女的，一直没有来，后来听说是个石人，就是不男不女，也不会生孩子，没有结婚，现在年纪大了，她兄弟照顾她，很可怜。”

麦琳渐渐地也了解这是怎么回事了。宿舍里的女生一个个都来例假了，到了最后，只剩下她一个还没有动静。一天，她课间去厕所的时候，突然冒出了一个可怕的念头，她不会是不正常的人吧，会不会是石女？不会生孩子？这个想法让她很不安，心情突然沮丧起来，但是她也不敢对同学说，身边也没有可以诉说心里的烦恼和恐惧的人。继母在遥远的北方，她只好一个人带着这种不安继续等待。终于在初三的一天，麦琳高兴地发现，她是个正常的女生。这时大部分女生都对此习以为常了，她也没有得到想望了很久的那种特殊照顾，不过，总算是松了口气。

冬天是痛苦的季节。

一年冬天下了一场大雪。女生们的宿舍要穿过一个大操场然后再下山，才能到达食堂。那天麦琳穿着唯一的一双球鞋踩到松软的雪地上后，不到几分钟，整双鞋子便全湿了，麦琳走到山下取了饭盒，回来脚已经冻得完全没有感觉了。回到宿舍吃完饭，要把饭盒拿到食堂的时候，才发现脚已经无法穿进鞋子里了，可是她除了这双弄湿了的鞋子，没有别的鞋子。硬着头皮穿上冰冷又潮湿的鞋子，去食堂，去教室，那一天，老师讲什么根本没有听进去，全部的注意力都在那只冻僵了的脚上，只是盼望夜晚快点来临，可以躺到被窝里暖一会。

不知道是由于过于努力还是受条件影响，到了初三的时候，麦琳的成绩与前三甲无缘了，幸运的是，中考时刚好上了县重点中学分数线。

中考的时候分数下来了，麦琳刚好以录取分数线上线，考取了梦寐以求的县重点高中。麦琳又高兴又失望。高兴的是终于可以去县城上高中了，失望的是分数这么低。

“你最幸运了，能上就好了，为什么还不高兴？”老师这么安慰麦琳，麦琳的分数是考上的同学中最低的，麦琳感觉这个分数辜负了她的努力，心情有些沮丧。

好在，麦琳的父母根本没留意到分数高低，在他们看来，麦琳考上了重点中学，按照当时乡里人的说法，就是一条腿已经迈进了大学校门了，只等三年高中毕业上大学了。

因为上了重点中学，麦琳在亲戚邻里中开始得到更多的尊重了，如果说原来考上重点初中还让有些人不屑的话，现在考上重点高中则让更多的人都刮目相看了。

迷茫的青春

“青春时期的任何事情都是考验。”青春期是“狂风暴雨”的危险期。进入青春发育期，心理与生理发育不平衡，憧憬成熟又留恋童年，追求完美又总有缺憾，拒绝灌输又渴望帮助，独立意识增强，幼稚与成熟并存，所以最容易出现各种问题而徒增烦恼。

在多才多艺且时尚美丽的城里同学的面前，乡下的孩子显得又傻又土气。到了县城高中，麦琳因成绩而带来的优越感再也没有了。此时正值中国改革开放，交通比较便利的城镇经济发展迅猛，麦琳家的经济状况较以前也大为好转，学习费用基本不成问题，但仍然属于相对贫困，无法如同城里或其他富裕镇上的同学那么光鲜。她原本的自卑此时又强烈了起来，在班级活动中基本上如同隐形人，城里的同学们活泼而快乐地活动，麦琳只能是旁观者。她除了努力读书，什么也不会，也极少参与。可是，即便是十分努力了，成绩只是一般。

高中开学不久，麦琳就出了一个丑。开学不久的一次班会课上，每个人轮流上台自我介绍。轮到麦琳的时候，她第一次站在讲台上说话，不知道是惊慌害怕还是没有经验，麦琳站了半天开不了口，说不了话。麦琳从来没有站在台上讲话的经验，初中时虽然成绩不错，当过课代表，但从来没有上台讲过话，麦琳感到莫名其妙地想发笑却说不出话来，傻笑着蹲了下去，然后匆匆跑回到自己座位上。结果很多同学对麦琳印象深刻，只是因为这件事。

麦琳在高中，除了自卑，还有沉重的负疚感。哥哥们都初中毕业就外出经商了，只有麦琳一个人在家上学，因为是重组家庭，哥哥们的奶奶就对妈妈非常有意见，甚至要求妈妈不能让麦琳上学，奶奶还与妈妈大吵了一架，说她偏心，这让麦琳感到，她去上学是一种罪过，是一种负担。

整个高中阶段麦琳都心理压力很大，总是心事重重的样子。很多时候对某某老师上课讲的话，同学们之间发生的各种趣事，她都不知道，在同学们说起时才发现自己也在场，可她却一点也没有印象。

对于青少年的研究表明，一个人如果处于压力之下，会影响其生化物质可的松的分泌和调节水平，而这种生化物质的水平又会影响人的物理身体健康的，影响一个人能力的发挥。这或许是麦琳高中时一直非常努力，但却成绩并不突出的原因之一。

歌德说："哪个少年不钟情，哪个少女不怀春。"麦琳当然也开始喜欢异性。不过，自卑的少女，通常会认为自己配不上所爱的人，因此也绝不可能流露出这种感情的。此时恰逢肖复兴的《早恋》流行，或许因为是重点学校的缘故，麦琳的学校并没有《早恋》中所描写那样那么多的学生恋爱，麦琳的高中老师，如同《早恋》中新班主任钟老师一样地爱护学生和学生的情感，即使恋爱，也不会受到打击、嘲讽，但对于麦琳，既自卑不活跃，又长得不漂亮引人注目，当然也不会和漂亮活跃的女生一样，有众多的追求者。此时，麦琳一心想着的是考上大学，脱离农门，也完全不敢有这方面的心思。

一天中午，麦琳吃过午饭回到教室，一个男生递给她一张纸条，麦琳立刻吓得心砰砰地狂跳，这是麦琳平生第一次收到男生写来的信。

麦琳打开一看，亲爱的琳：我喜欢你的温柔，你的气质，做我女朋友吧！永远爱你的……还在后面附上古诗：君当如磐石，妾当如蒲草。蒲草韧如丝，磐石无转移。麦琳看得脸红心跳，虽然第一次有男生夸她漂亮有气质，可麦琳一点也不高兴，觉得这个写信的人太过自负，尽管自卑，但是麦琳也并不因此而高兴，反而是感到一种害怕。此后，她每次在路上远远见到那个人，就如同看到可怕的狼，早早躲开，尽可能地避开与他接近的机会。

事实上麦琳在心里暗暗地喜欢另一个人，那就是高大帅气的俊豪，他和麦琳不在同一个班，虽然麦琳一直没有和他说话或有过任何交流，但麦琳第一眼看到他就喜欢他，但麦琳甚至压根也没敢让他知道她喜欢他。俊豪班级的教室在去食堂的路上，每次去食堂时经过他们教室外面，麦琳都会偷偷地朝他们教室瞄上一眼，如果看到了俊豪的背影，麦琳就会感到心满意足的快乐，如果看到位置空的，会稍稍有些惆怅，但一到教室就可以忘掉。这种完全单独的暗恋是一种很美的情愫，或许只有在那个年代的少女才能负担如此单纯的爱恋：一个人静静地爱着，不表露、不张扬，只是在自己内心里欢喜。

高二的时候，听说高考要进行改革，学校进行了重新分班，高三时每个人都进入了新的班级，有了新的同学。麦琳有了一个新的同桌，她叫林诗影。

林诗影唱歌特别好听。在高一的国庆晚会上，她以一曲声音甜美的歌曲让所有的同学都认识了她，诗影不仅歌唱得好，成绩更是超级棒，经常是年级第一名，有时候还会把第二名甩得远远地，诗影是同学中的明星，麦琳早已是她的粉丝，能和她同班，麦琳都已经感到非常幸运了。但是，安排好座位的那天，诗影却哭了，麦琳不知道发生了什么，诗影为什么哭？难道是因为麦琳成绩差，她不喜欢和她同桌？后来麦琳才明白，原来是诗影不习惯换了新同桌，她和原来的同桌感情很好，因而哭了。麦琳很吃惊，一个人对同桌的感情可以如此深？如果这样也哭，将来毕业了怎么办呢？如果这点变化都不允许，如何在这个变化万千的世界里生活呢？

不管如何，这个学霸同桌让麦琳既崇拜又羡慕。她似乎什么都好，成绩好，长得漂亮，同学喜欢、家长宠爱。麦琳觉得自己无论在哪一方面，都处于和诗影相反的情形，她退缩、胆小，笨兮兮的，成绩又一般，长得也不好看，父母还不关心她。

有一次全校高三年级学生组织到即将完成的跨江大桥参观，这是本市一项了不起的工程，以前过江都靠轮渡，大桥竣工后，车子可以直接过桥，两岸的距离缩短了。老师、同学们都憧憬着美好的未来，一路上同学们十分地兴奋、激动。途中有一阵子突然前行缓慢，似乎发生了什么事，同学们在窃窃私语，麦琳后来才了解到，林诗影的爸爸和妈妈来陪她了，怕她不安全。当时麦琳听了，羡慕不已，一个人可以这般地被疼爱着、保护着，然而她觉得也有点小题大做了，如果存在不安全因素，这么多的学生，老师敢带来吗？被爸爸妈妈如此地保护起来，到底是一种幸福还是不幸呢？麦琳想到自己的父母，远在天边，哪里管得了她发生什么事，活着就好了，还好，自己算是活得都不错，至少都积极向上，也没有遇上不幸的事件。

林诗影是城里人，父母都有文化，有工作，虽说那个年代都穷，可是和麦琳家比起来，怎么得都是强许多倍。麦琳有一天对父母说要买衣服，爸爸说一句：你是去上学还是去比美？麦琳就不敢多说什么了，父亲哪里能够了解，自卑的心理对她造成的压力与影响。

对于这样一个同桌，麦琳当然是呵护有加，她不由自主地要讨好诗影。她俩关系还算处得不错。诗影一直住在城里，对乡下并不熟悉，她连田野里这个时期种的是什么植物一概不知，有时对麦琳描述的乡下很向往。麦琳就邀请她周末去乡下玩一次，诗影说要先回家与父母商量。第二天，诗影告诉麦琳，昨天晚上她全家开会讨论，讨论的结果是不允许她去，担心不安全。麦琳听了虽然遗憾，但也极为羡慕、又感到有些不可思议，有人竟然是这么被疼爱着的，她的父母，从小就不管她。麦琳只有感叹人与人的命运是如此的不同。

生活中永远有苦有乐，即使再艰难的生活也会有快乐的时候。高三这一年最难忘的一件事是下乡劳动。

这一年兴修水利，全班同学去乡下挖淤泥劳动一周。大客车载着全班同学、老师以及厨师一起上路。麦琳的班主任是特别有亲和力的一位老师。同学们经常和老师开玩笑，甚至耍赖，即使在这样的老师面前，麦琳也不敢和其他同学一样地“放肆”，只是可能会放松些，不那么紧张而已。同学们一路和老师开着玩笑、唱着歌前进，完全从平日呆板枯燥的学习生活中完全释放出来，来到另一种状态。

劳动的时候，光脚踏入河里，同学们用手传送着一块块淤泥，虽然对于很少劳动的同学来讲，确实有些辛苦，然而劳累之后身体的放松，和饥饿之后的美味，都让他们感到劳动的愉悦。

不知道为什么，这一周的劳动生活成了麦琳整个高中阶段最难忘的记忆。

麦琳的高中生活就这样又辛苦又简单地过着，她的成绩也在不断进步，虽然和麦琳的努力以及她的期望仍有距离，每次小小的进步也会让麦琳感到高兴。每个周末回家，麦琳要渡过一个大轮船码头，坐上大巴在乡间的小路上走半小时，下车后再穿过一段田野间的小路，然后来到另一个轮船码头。春天的时候，下了车，就感觉掉入一大片盛开的油菜花地里，金色的花海，让麦琳进入恍惚而放松的状态，大自然的美丽和芬芳瞬间能让麦琳扫除一周来学习的疲惫。

考前复习的时候，麦琳的成绩在班上中等偏上，最后一个多月，学校停止上课，让自己复习。同班的小丽是成绩一般的城里学生，她邀请麦琳去她家一起复习。

六月南方的天气已经很热，麦琳到了她们家，凉快且干净、舒服。小丽的妈妈与所有城里的妈妈们一样，精心照顾着小丽的生活、学习，麦琳也因此而沾了光，享受到了从未享受过的优待。

一直独享母爱的小丽，看到她母亲对麦琳也如此关心，感到很失落，有时候她母亲对麦琳礼貌性的赞赏都让她不高兴。麦琳很清楚地感知到小丽的这种不高兴，唤起了麦琳那种寄人篱下的伤痛感，她刚到继母家的时候，曾经就是这样感觉：有人不喜欢你的存在。

于是麦琳想回学校，但是小丽又希望她留下来。

“我想回到学校复习了。”麦琳每次与小丽闹别扭就这么说。

“我妈妈对你这么好，你不和她告别就走了吗？”小丽这句话让麦琳无法动身。确实，小丽妈对她太好了，她很感动，自己的妈妈从来没有这么照顾过她，而且，她也有些不舍得离开这么舒服的环境。

考试前一天的那个下午，麦琳坐到了小丽上午坐的位置上。

“我喜欢坐这里的，对你说过好几次了，你怎么还记不住。”小丽的声音里带有明显的不满。麦琳本来就敏感，平时她俩也是随便坐的，麦琳觉得小丽故意为难她，她心里压抑了几天的不满一下子爆发了。刚好小丽妈妈不在，她想趁她不在还容易溜走，不然她心软，小丽妈妈在就走不成了。于是，她三两下收拾好书包就回学校了。

学校宿舍的那张床，麦琳已经有一个多月没有睡过了，年轻不懂事的她也不知道擦一把再睡。晚上睡下去的时候又热又痒。7 月酷热的天气，宿舍没有电风扇也没有空调，麦琳根本无法入睡。宿舍的其他同学也是一样难以入睡，同屋的六个人到了凌晨三点还没有一个人睡着过，她们都开始害怕了，于是集体下楼去找楼主吴老师，吴老师一看到她们此时在走动，也吓坏了。

“这个点了你们出来干什么？”吴老师问道。

“老师，怎么办，太热了我们都睡不着？明天我们要考不出来了，怎么办？”她们几乎都要哭了。

“不要紧，现在你们赶紧回去睡，安静下来就会凉快了，现在去睡明天考试也不会受影响的。”吴老师说得肯定而有力量，这是极好的暗示，其余同学回来后都相继入睡了，只有麦琳，身上仍然痒，睡不着，一直到天亮也没有睡着。

早上，她一见到班主任老师就哭了，老师安慰她说：“没关系，没关系，一个晚上不睡有什么关系，三个晚上没睡都可以，这样吧，现在离考试还有一点时间，你去睡，我看着时间，到时叫你。”

麦琳真的在这小段时间内睡着了。可惜时间有些短，上午的语文考试感觉没太大受影响，下午考化学的时候头脑一片混沌，化学考得一塌糊涂，拖累了总体的分数。

麦琳本来在重点分数线边缘，这样一来，重点线上不了了，只上了普通本科。

对于如何填写志愿完全不懂的麦琳，竟然没有去咨询任何一个人。其他的同学要么有父母、亲戚的指导，或者询问老师，而她，既没有可以指导的亲人，也不敢找老师，况且看到有这么多人找老师，她就不敢去找老师了，独自盲目地瞎填一番。在是否服从调剂一栏上，麦琳写上服从，通知书到的时候，她发现她既不喜欢那所学校，也不喜欢被分配的专业。

蹉跎的时光

如果一开始，你就不要出现在我的面前，那么，我也许就不会知道幸福的滋味……你把所有的爱满满地，那么猝不及防地都给了我，告诉我，你永远喜欢我，永远不会离开我。让我错以为，我可以幸福得像个被宠溺的孩子，让我错以为，只要抱住你，就可以拥有整个世界。

麦琳的大学，除了谈一场幼稚的恋爱，基本上没有学到什么。

在漂亮女生如云的高中，没有多少男生注意到麦琳的存在。然而到了大学，因为是一所理工科院校，男生多，女生少，她突然间成了众多男生追求的对象。按照妈妈的话说：麦琳一进大学，就被男生们搞晕了。

虽然麦琳大学考得并不理想，学校、专业都不满意，但考上了大学这个消息在乡下已经很挣到面子了。麦琳的父母没有什么知识，他们不懂得学校、专业好不好，你考上就行了，也不会要求你非得考上什么学校、学什么专业，尽管麦琳高考没有发挥好，但在他们眼里，女儿已经很了不起了。他们的喜悦也冲淡了些麦琳的遗憾。

在高中时，无数次在听说过大学生活如何美妙，大学校园是如何地美丽。并且，无数次被暗示，大学里，你还可以恋爱。到了大学，完全没有了考试的压力，再也不用为考试而读书。对于自己不喜欢的专业，麦琳也丧失了学习的热情。

就在学校开学的前几天，麦琳的家乡发了一场大水，麦琳无法准时到校，发电报到学校请了假。等麦琳报到的时候，开学已经过了两三天，同学们都已经从照片上认识麦琳了。大学报名的那张照片大概是麦琳高中时期最秀气的一张，所以，在麦琳到达之前，男生中已经流传：那个推迟报到的是一个美女。

报到的第一天，麦琳和爸爸到学校餐厅吃饭。

一个帅气阳光的男孩在食堂门口问麦琳："你是张麦琳吧？"

"是啊。"麦琳很奇怪他怎么认识她。

"我是班长，你的学生证在我这里，等下晚上我给你送到宿舍。"班长说道。

在餐厅里吃饭的时候，麦琳和爸爸一说家乡话，马上围来一堆男生，用家乡话问："你是张麦琳吧？"

"是的，你们是？"

"我们是你的老乡，你来之前我们查过学校的新生名单，前几天去找你，说你还没报到，今天看到新来一个人，就猜肯定是你。"家乡话一下子拉近了他们的距离。一堆老乡热情地帮麦琳打开水，到宿舍帮忙打扫，挂蚊帐等等，麦琳一到校就受到如此热情的款待，几乎有些不适应。

生活如同突然转换到另一个时空，麦琳成为众多男生关注目标。同班的男生，高年级的男生，学生会的学生领袖，还有老乡等等，开学时几乎天天有人来找她。

军训结束后，又遇上中秋节、国庆节，各种学生团体开展各种不同的活动。军训结束的当天晚上，麦琳的同乡聚会。在这所理工科院校，男生占绝对优势，同乡中也一样，只有麦琳和同班的秋菱以及一个毕业班的兰兰三位女生，男生却有八九个。兰兰长得很好看，身材修长，五官秀气，当然，她早有男朋友了。秋菱长得过于粗壮，皮肤黑块头大且不说，关键是脸上的五官好像是没被仔细放好，看起来有些笨手笨脚的，于是，在她面前麦琳就被衬托得更漂亮了，麦琳虽然不是大美女，至少身材苗条，五官端正。

同乡聚会上，麦琳平生第一次尝试了几口啤酒，感觉脸火辣辣的，想着脸红红的一定很难看，就问兰兰：“我是不是脸红了？”

“你晒这么黑，看不出来。”兰兰仔细看了下她的脸说道。

“黑的好看，黑玫瑰更高贵嘛！”不知道是哪位男生说的。

“是，是，”其他人附合着，“我们麦琳是这届新生中的美女之一。”麦琳感觉有几位老乡都有点喜欢她，但老乡们总是一大群人团体活动。麦琳几乎是一个人享受着他们全部男生的宠爱。

大学里女生们喜欢结双成对，不管去餐厅、去教室、去图书馆或在宿舍，好像一个人在路上走有危险似的，麦琳形影不离的同伴是来自宁波的珊珊，珊珊待人热情大方，她们俩的友谊从麦琳一进宿舍门就开始了。她热情主动地帮麦琳打水，搞清洁，带麦琳去餐厅，无论去哪都约麦琳、等麦琳。麦琳从小在被排斥和拒绝中长大，基本不会拒绝别人，人家主动约她，就算不喜欢也会同意。

开学时的忙乱过去后，总算开始了正式的大学生活。

麦琳第一天来图书馆后，就对这所学校非常失望了。图书馆里读者寥寥无几，图书馆不大，转了一圈，新书不多，藏书没比高中的图书馆多。选了一本书，坐下不久，一个高年级男生就过来坐在麦琳旁边。麦琳还没有和陌生男生坐得这么近过，心里不安又紧张，书也看不下去了。于是麦琳逃出图书馆。麦琳在图书馆外面的花坛上坐了下来，没想到，那个男生也跟着出来了。他也坐在了麦琳身边。

“我喜欢你，我们交个朋友吧！”第一次有男生当面对她这么表白，麦琳可不喜欢这种方式，匆匆逃回宿舍。

第一天去图书馆的心情就这么被破坏了。

第二天晚上，昨晚的放肆男生又来宿舍找麦琳，请她去看电影，麦琳吓了一跳，不知道他是怎么知道她的，好在宿舍人多，可以不客气地拒绝他。那天之后，他再也没来找她了，但每次在校园只要一见到那个人，麦琳就会条件反射似的害怕，好像她做错了什么似的。

麦琳现在对大学很失望，事实上报到的第一天她就感到很失望，与想象中的大学很不一样。学校坐落在乡下，门口既不气派也不干净，也没有麦琳想象中大学的气质。一进校门，就看到一对情侣手牵着手，这是麦琳第一次看到有人这么大胆地在公众场合亲热地牵手，她心里既向往，又感到羞涩，连仔细看他们的脸都不敢，好像牵手的人是她。看来这里的人都不会好好学习，麦琳当时就心想着：我可要在大学好好努力，以后读一个名校的研究生，弥补没有考上好大学的遗憾。

开学不久，麦琳就发现，喜欢学习的人不多，谈恋爱的人倒是不少。

一天晚饭后，在餐厅回宿舍的路上，珊珊说了一个让麦琳震惊的消息："俊辉说他喜欢我了呢！"。俊辉就是她们的班长，麦琳还以为他喜欢的是她，事实上是麦琳有点喜欢他，自第一天在食堂门口遇到他，她就觉得他是一个很阳光帅气的男生。

"恭喜你啊！"麦琳内心里并不认为他们般配。

"你们那个老乡好像很喜欢你？"珊珊问麦琳。

"是吗，我没感觉，我还真不想谈恋爱呢，我很不甘心这一辈子只上过这个破大学，想再去读研究生。"

"得了吧，到了这个破大学还考什么研究生。"珊珊不屑地说。

麦琳是个不自信的人，听珊珊这么一说，也觉得希望不大，心情很颓废："你先回宿舍吧，我想一个人走走。"

"好！"珊珊走了后，麦琳才发现，开学这么久，她还没有一个人在校园里走过，一直都是两人形影不离的，第一次一个人走在校园里竟然有些奇怪的、不知所措的感觉，但也感受到了一个人自由和安静。

"麦琳！"一个高大的身影突然挡在她面前，是俊辉。

"吓了我一跳了！"

"我们一起去看电影吧。"

"珊珊回宿舍了。"

"我说我们俩。"俊辉说得很响亮。

"……"俊辉的话让麦琳又惊又喜，她一下子不知道该如何回应。

"我去叫一下珊珊吧。"麦琳说道，就要去宿舍，俊辉一把拉住她："不用去找她，就我们两个。”

“珊珊告诉我她是你女朋友，我不希望她误会我。”麦琳说道。

“你知道吗？我接近她就是为了追你，我一开始喜欢的就是你。”麦琳没再深究俊辉的话，她是喜欢他的，起初是怎样并不重要。但是，麦琳的心理还没有足够成熟可以谈恋爱。在她的印象中，只有差生才会谈恋爱。她还不想把自己归属于差生之列。

俊辉却开始展开了猛烈的攻势，每晚往女生宿舍跑。俊辉的高调让内向的麦琳感到有压力。麦琳又有些害怕、退却了，她不希望这么快就因为谈恋爱而受关注。

俊辉不仅有很强的人际交往能力，更有幽默的天赋，有时候他来宿舍，麦琳不理会他，他也能大方与同学们谈笑风生，常常令宿舍的同伴们开怀大笑。不久，几乎大家都喜欢上了他的来访，偶尔有一天，他来得晚些，就会有人问：“俊辉今天怎么还没来？”好像他是宿舍的成员似的。珊珊也没有因此而断绝和麦琳的友谊，她们照常是形影不离的好朋友。

除了俊辉的外向让麦琳不安，他的帅气、才气都使麦琳相形见绌，她自觉配不上他。他的受欢迎，也让她没有安全感。

在一次全年级学生的政治课上，老师要几位同学们上去讲自己的理想。俊辉上台的第一句话是：“我爱上了一个女生，她虽然还没有答应做我的女朋友，但相信我的诚意总有一天会打动她……”他还声情并茂地讲述了自己打算如何在谈恋爱的同时，好好学习，并且引用他人成功的案例，博得全场热烈的掌声。而麦琳，坐在下面如坐针毡，面红心跳的，似乎全场的人都知道他说的那个女生是谁，更如同是干了坏事，被当场逮住。她在焦灼和坐立不安中挨过了这堂课。

他的这些高调让麦琳反感。她拒绝他、远离他了。

几天后的一个中午，麦琳正吃好午饭回宿舍，在路上，遇到俊辉的好朋友建军。

“张麦琳，过来有件事对你说。”建军说道。

“什么事啊？”

“俊辉两天没吃饭了，你现在去看看他，陪他一起去吃餐饭吧！”建军说话像是家长。这个消息让麦琳很心疼，其实这两天没见到他，她也有些不安和想念他了。

“他不吃饭和我有什么关系啊！我不去！”

“他就是因为你不理他才不吃的，只有你去了他才吃，快去？”这句话触动了麦琳内心柔软的地方，她于心不忍了。

她几乎是小跑着去到他们宿舍。

推开门一看，俊辉一个人在，手里拿着一把吉它，正在有气无力地弹着吉它。

这情这景实在让麦琳没有招架之力。她最不忍看到的是别人可怜的样子：“赶紧吃饭去吧，我陪你！”

就这样，麦琳开始了初恋。此后，大学生活似乎只有一个内容：恋爱。所有的课余时间俩人都形影不离，似乎成了一个人。

起初，不习惯的人是麦琳。在教室学习的时候，当他坐在她旁边，她就无法安心学习。

“你坐在我旁边我无法看书。”她抗议。

“可是，不坐在你旁边我无法看书。”他一付可怜巴巴的样子，她只好妥协。

去教室、食堂，上课、自习，他都要跟随在她身边，牵着她的手，可她感到难为情。

从小形单影只的她，从来没有与另一个人如此亲近过。很快地，她不仅习惯了他的陪伴，还迷恋上和他一起的感觉。

冬天很快就来了，寒冷的周末早晨，当她还在暖暖的被窝里睡懒觉，他早早起来去食堂买了早餐送到她的床头。有些时候她还在美梦里，会在香喷喷的包子香味中和甜蜜的亲吻中醒过来。

极少被父母关心过的麦琳，完全陶醉在了初恋的甜蜜中。然而恋爱的过程往往就是这样，从男生主动，女生被动开始，等女生投入到情感中之后，男生则认为攻下了这个堡垒告一段落了，开始把注意力转向外面的世界，比如与其他男生的交往，社团活动等等。

当麦琳喜欢上和他在一起之后，他却开始厌倦封闭的两人世界，想要有更多的自由时间。几乎从开学不久就开始的寸步不离的恋爱，使得麦琳没有机会和其他女生建立起深厚的友谊，而最初的朋友珊珊，因为也喜欢过俊辉，麦琳有横刀夺爱之嫌，尽管表面关系还不错，但却不是可以谈心的好朋友。在俊辉不再来找她的时候，麦琳开始感到了一个人的孤独和思念的痛苦。

莎士比亚说爱是一种甜蜜的痛苦，天底下的痛苦与快乐都没有比爱情中的所经受的更甚了。麦琳觉得小时候没有父母陪伴、被同伴欺负以及任何一个孤单失落的时刻都没有比此时更加痛苦。

暑假开始了，麦琳回家后第三天，就收到俊辉的来信。

亲爱的麦琳：我刚回到家就开始想你了，你也想我了吗？离开你才一天，我仿佛已经过了一个世纪，我多么希望下一秒钟就能见到你……爱你……！

麦琳第一次看到自己喜欢的男孩的情书，看了好多遍，直到几乎完全能背了，才把信藏好。

"如果没有痛苦分别的时候，你就不知道珍惜我。"麦琳给俊辉的回信中引用了一首流行歌曲的词。很快，俊辉又来信了。俊辉的表达总是十分热烈，让麦琳既享受也觉得有些做作。

"琳：你言重了，我会珍惜你，但不需要痛苦的分别的考验，你要相信我……"

来来往往的书信填满了漫长的寒假。开学后，俊辉先到校，到车站接麦琳。俊辉竟然烫了头发，一头的卷发，在麦琳眼里，只有无聊低级的不良社会青年才会留这种发型，好像俊辉烫了发后，一下子变成那类人去了，与他走在一起都有不良青年的嫌疑，她一下子心里生起反感，恨不得他根本没来，重聚的喜悦一下子被浇灭了。俊辉看见麦琳，激动地跑过来想抱她，她却有点厌恶地轻轻地推开了他，他没有察觉到她情绪，或许以为她害羞，帮她拎了行李回校。

俊辉的外向和麦琳的内向是在两个极端的。俊辉是和陌生人都很容易打成一片的人。一天，他俩到一个无名小岛上玩，岛上有一处很美很安静的沙滩，有几个人在烤番薯。

“我们也过去吧，弄些烤番薯来吃。”俊辉到哪里都喜欢凑热闹。

“好吧。”麦琳虽不是很喜欢和一堆陌生人在一起，但也不想扫他的兴。

走过去一看，是一堆美女。

“在这里烤番薯很有味嘛，我们也来一起怎么样！”俊辉走过与她们打招呼。

“可以啊，你去挖些番薯来吧。”美女们看了他一眼，立即表示欢迎。

俊辉一下子就融入这些美女中，有说有笑地一起玩得开心。麦琳这时候显得有些不合群。在她看来，俊辉看见美女就特别来劲，话特多，差不多忘了有她在一旁，她有一种失落感。她是一个很闷的人。遇上不高兴的事也不表达，只会默默地生气，不理他，他总是很会想办法，或挠她痒痒或做鬼脸或讲笑话，通常很快能让她破涕为笑。

心理学家认为恋人们之间的情感关系正是小时候与父母情感关系的写照。童年与父母之间情感的依恋模式会影响亲密关系中重演。金·巴塞洛缪把成人的依恋模式也分为四种，安全型的人对亲密关系和相互依赖感觉很自在，他们乐观外向，并且愿意参加社交活动；多虑型的人对自己与他人的关系时刻都会保持高度的警惕，他们很希望跟别人建立亲密关系，但是一旦自己的亲密对象与其他人有密切关系，他们就会心生嫉妒；超脱型的人喜欢依赖自己，对亲密关系没有多大的兴趣，往往表现得冷漠而独立；恐惧型的人则总是担心遭人拒绝，不能相信别人，同时他们也不信任自己，多疑而害羞。

俊辉是安全型居多的人，而麦琳可能是多虑与恐惧的混合型。他们的关系注定困难重重。

据说刚刚坠入爱河中的男女的大脑会发出指令，使人体分泌出一种化学物质，研究人员称这种物质为“爱情荷尔蒙”。这种化学物质令恋爱中的人相互吸引，但是它在人体内仅仅能够存在大约一年时间，刚开始恋爱的时候，所有的一切都是美好的，等荷尔蒙消失后，就容易开始产生冲突。

麦琳和俊辉第一次较大的冲突是在一个周末舞会上。俊辉带麦琳去舞厅跳舞。当播放一支慢三的舞曲时，整个舞厅灯光都灭了，这是一曲适合情侣们跳的曲子，他们俩相拥着陶醉在乐曲中。转到舞台中间时俊辉突然停了下来，拿出打火机点亮了，顿时，他俩霎那成了焦点，麦琳认为这种行为是很没有教养的表现，很生气，于是，她从他的手中挣脱跑了出去。俊辉认为他只是好玩，而麦琳突然跑走让他很没面子，他认为不知情的人或许会认为他非礼了麦琳才跑走的，他也很生气。

麦琳生气地喊："我们分手吧！"一边哭着跑回了学校。俊辉一直在后面追着麦琳，进入校园后，他一把抱住她说："傻瓜，我们吵一次架就要分手吗？对不起啦，我认错还不行吗？"

"不行，不行，有第一次就会有第二次第三次，你去找你的表妹吧，反正你有一堆表妹！"已经有好几次的周末因为要陪表妹而冷落麦琳，麦琳把之前对他的不满都发泄出来。

"我俊辉对天发誓，如果我哪一天辜负了张麦琳，就天打雷劈，不得好死！"俊辉自己跪着对天发誓，还要麦琳也跪下。麦琳也反感，也心疼。

第一次冲突的风波总算平息了。

情感生活几乎占了麦琳生活的大部分。情感的波折也使她无心学习，专业课程的成绩都考得一塌糊涂，第一年就有两门课程不及格，对于专业麦琳根本就提不起学习兴趣，但选修的课程却学得十分认真，成绩都拿高分。

第二年，麦琳决定好好学习。高等数学老师是一位古板的老太太，她最不喜欢谈恋爱的学生，期中考试的时候，麦琳有一道题想不出来，在抓耳挠腮地转动脑袋时，她突然冲过来一把抢走了麦琳的试卷，麦琳还没明白发生什么。

"怎么啦？"

"不要假装糊涂。"她轻蔑地说。

"我什么都没做……"麦琳试图解释，可是，对于一个先入为主的人，根本不会给你解释的机会，此时麦琳毫无办法，只能自认倒霉。她傻呆呆地走出教室，欲哭无泪。她一个老实得有些呆板的人，竟然被认为要偷看，而她压根一点这个想法都没有过，这真是讽刺，可悲的是，麦琳根本没有机会解释，也无法解释。原来这个世界，真的会错误地对待诚实的人。据同室的同学们说隔壁宿舍有一位女生，平时也是都不学习的，每次考试都靠作弊获得不错的成绩，还因此得到奖学金，麦琳原来对她以及得到的荣誉很不屑，现在倒真是佩服她了。麦琳只要想一想作弊就先吓得发抖了，更别说真的做，可是现在居然是她被认为要作弊，而被赶出来了。

这真是个坏人才能活得好的世界。

作为惩罚的措施是期末考试麦琳必须是九十分以上，这门课才算及格。真是变态的老太婆，麦琳在心里咒骂她。这个名字是女生们赐予她的，好久之前她们在宿舍里就一直这么叫她，麦琳原来很不赞成她们这样，觉得过分，现在却觉得她活该，名副其实。不过，总算是给了麦琳希望，还有弥补的机会。这一学期她只好非常努力地学习数学。

期末考数学刚考好的时候麦琳信心满满，觉得考得不错，及格应该没问题了。这学期的数学是她上大学以来最努力的一门课了。成绩出来了八十八分，距老师要求的九十分还差了两分。但麦琳并没有十分担心，这次期末的考试比较难，九十分以上只有两个人，麦琳的成绩算不错了，她心想老师的本意应该是想让她认真学习，这个目的已经达到了，应该不会为难她，其他老师的科目就有学生成绩更差的，说说情都会给通过了。

“方老师，麦琳这学期很努力学数学，考得成绩还不错了，你不会给她不及格的对吧？”俊辉也帮忙讨好老师，老师什么也没说，只是微笑着，他们以为这是她同意的意思。

成绩单寄过来的时候，数学栏居然写着 59 分。这明明就是故意刁难人家。考了高分，居然还给了个不及格，麦琳气极了，什么狗屁老师，居然敢这么做，教学的目的不是为了教育学生学习知识吗？她都做到了，况且给她的惩罚本身就是老师的错误判断，可是她没有申辩的机会，努力学习考了好成绩，还给不及格，简直没有天理，做老师的怎么可以如此滥用职权呢？该死的无良老师，还是教授，真是不如叫兽，麦琳回到宿舍边哭边骂，觉得怎么骂都不解气。

“以后我如果当老师，决不能这样！”麦琳心想。

麦琳没有学会为自己辩解，况且，她觉得那样可能导致更坏的结果，她对自己开始时没有好好学习感到很羞愧，或许老师也有先入为主的原因。麦琳想到自己中学那么努力好学、上进，现在给人却几乎是个差生的印象，感到很难过。她思前想后，觉得都是这场恋爱毁的。而俊辉似乎不受情感的干扰，她们俩差不多都一起学习，他的成绩仍然都很好。麦琳觉得需要终止这场带来灾难的恋爱。

迷失的感情

死缠烂打的不是爱对方，而是一种病态的依赖，一个人如果对感情的过度依赖，通常是由于童年与母亲没有建立良好的依恋关系，被爱的情感需求没有得到满足。这种人特别需要依恋某个人，任何分离对他/她来讲都是痛苦的……感情过分依赖的人对亲近有种盲目地、过分的渴求，这种渴求是非理性的，为了时刻得到对方的温情，他/她甚至可以放弃自己的人生观和个人趣味，但这种行为模式会使他/她自己越来越脆弱、缺乏自主性。

学业上的不佳状况让麦琳感到痛苦。她天真地想着，或许结束了这段情感，她就能够再度用心学习。况且，除了学习成绩，这段情感现在给到麦琳的痛苦远远大于幸福了，她决定结束它。麦琳乞求俊辉离开她，她要好好学习了。每一次麦琳不高兴的时候，俊辉总有许多办法逗麦琳开心，这也是她依恋他的另一个原因，可是，这一次，他扮鬼脸、笑话，挠痒痒都再也起不了作用，她都不为所动。俊辉没有马上离开，而是不吵她，也不走。一会儿，麦琳听到痛苦的呻吟声，转过头去看了一眼，发现俊辉正用一把小刀在割手腕，麦琳吓坏了，冲过去夺下他手里的刀，手腕上已经开始渗出一点鲜血。麦琳又害怕，又心疼。

或许他其实只是苦肉计而已，即使他们真的分手了他肯定不会真的自杀。只是他愿意演这苦肉计，既感动麦琳，也让她感到害怕。这种隐形的控制让人心生恐惧，麦琳有时候担心他会做出丧失理智的行为。然而，麦琳清楚地知道，自己在情感上仍然是非常依赖他的。她对他又恐惧又依赖。

说不清是谁更爱谁，谁更依赖谁？他们两个，或许都是在心理学上被称之为有“感情依赖”症的那种人。情感依赖是一种心理障碍，这种人独处时经常被“遭人抛弃”的念头所折磨，竭尽全力逃避孤独，难以果断地放弃一段已然消逝了的情感。

一个晚自修结束后，麦琳回到宿舍，珊珊告诉她：“麦琳，我晚饭后散步的时候看到俊辉和一个女孩子在一起。”

“是吗？”麦琳虽然表面看起来没什么反应，内心里却是一下子被刺得很痛。这不是麦琳第一次听到其他同学告诉她这种事，每次俊辉都会回答说是表妹什么的。麦琳本来就不自信，对俊辉是不信任的，自修室里根本没有见到俊辉的影子，而且，他没有告诉她去了哪里，现在听到这个消息，她特别难过，又不想在珊珊面前失去面子。但这个消息的确让她心痛得呼吸困难，失魂落魄的，就在快要熄灯的前几分钟，“咚咚咚……”，宿舍门被急促地敲响。麦琳有感应那一定是俊辉，本来此时男生应该已经无法进入，他一定是求着楼下阿姨来的。

麦琳打开门，果然是他。

“麦琳，我今天有个表妹来找，陪她有事去了，来不及告诉你，怕你着急，现在过来告诉你一声，我得马上下去了，不然楼下阿姨要说的。”俊辉说得气喘吁吁地。

“嗯，好吧，晚安！”俊辉全然不顾宿舍通亮的灯光和满屋子的人，亲了亲麦琳的额头。

只是简短的几秒钟，麦琳的心情如同坐了一次过山车，从痛苦的深渊又回到了幸福的顶峰。她心里又感到甜蜜蜜的，他到底是爱她的，在乎她的。

这个时代的大学生是天之骄子，毕业时反正是包分配的，社会上流传的说法是分配工作时，关系比成绩更重要。这些因素都使在校生们对大学里的学习没有丝毫兴趣。况且老师只会照本宣科，更是无法唤起学生们对原本就枯燥的专业的学习热情，麦琳觉得大学的课堂与高中无甚差别，单调、无聊。这使得成绩在大学里并不是被关注的重点，这个状况缓解了麦琳因成绩不佳而导致的痛苦。

据说旅行是“我们到底适不适合长久走下去”最好的测试题。暑假再次来临，麦琳和俊辉计划一起出去游玩，但俊辉家务农，经济不宽裕，他也不想给父母增加负担。恰好学校团委布置假期实践活动，学生干部可以申请资金去搞采风活动。作为学生干部的俊辉，他口才好，和老师们的关系也好，申请果然成功了。因为麦琳的父母在北方，他们计划一起去大草原。

这是他们第一次结伴远游，两人的经费有限，路途又十分遥远，他们先买了最廉价的轮船票到上海，再转火车。

这是在炎热的七月，他们的床位在水下舱，没有空调之类的设备，在里面又闷又热，根本无法入睡，两人只好时不时地跑到船板上乘凉，吃着俊辉妈妈给做的咸菜烧肉，整整坐了三天三夜的车船才到达内蒙古。但是和心爱的人在一起，即便路途遥远，也感到甜蜜。

车子离开北京城后，就一直在草原上颠簸。路途中饱览草原风景，粗旷的草原风景几乎到处相似，不同于细腻繁华的江南，处处有美景，两三天就足以腻透了这里的风景了。

“麦琳，明天另一个旗有那达慕大会，你们俩要不要去看？”就在他们已经差不多找不到新鲜事情可以做的时候，晚上有人给带来了个新消息。

“什么是那达慕大会？我们都没听过这个词。”

“就是内蒙古族的运动大会，有摔跤、骑马、射箭等内蒙古人擅长的运动项目。”

“好啊，我最喜欢这个了。”俊辉喜出望外的。

“我们要去，可是怎么去呢？”麦琳问道。

“这个我可以帮你们安排的，你们不用担心。”

“坐车要多久？”

“不算太远，六七个小时吧！”

“啊，这么远啊，太累了。”麦琳差不多惊叫了，不了解他们怎么可以认为六七个小时的车程还不算远。

“那你想清楚，到底去不去？”

“去吧，麦琳，没事的，有我呢？”俊辉安慰她。

“好吧！”麦琳一来也因自己的好奇心，二来也不想让俊辉失望。

草原上的车路不同于南方的柏油路，是因走的车子多了，自然而成的路。所以，车子颠簸得很。有时候在路上开了几个小时也难得遇到一个人或一辆车，路上一望无际的草地或玉米地里，偶尔在草地里飞快地跑过的野兔为旅途增加了些生气。

“有野兔，我们下去打了烤着吃吧！”车里有人提议。

“你开什么玩笑，你以为你是谁啊，打得到野兔？”

“要不试试看？”

“都别吵了，快赶路！”

四五个小时以后，麦琳就处于半晕迷状态了。

“能不能停车歇歇啊，我肚子饿了，要吃饭。”好多人都喊饿了。

终于看到路边一家饭店的指示灯，光从房子的外表，非草原上的人看不出来哪家是饭店，上面写的蒙古族文字看不懂。

看到第一盘的炒菜上来时，麦琳看着就流口水了，夹了菜放入口中后，却不由自主地恶心想吐出来，原来这里炒菜用的是羊油，那股羊膻味让她受不了，一口菜也吃不下，生吞了两口白饭只好作罢，只好等下到镇上再去找。

说是小镇，还不如南方的一个农村人口多和繁华。到达的时候麦琳肚子已经饿坏了，直接先到处找饭馆。结果问了十多家，没有一家不是用羊油炒菜的。她没有办法，只好和北方人一样，买了一只烤鸡吃。刚开始几口吃起来还是满香的，连续吃了几餐鸡之后，麦琳想到鸡就恶心了。

那达慕大会上的比赛项目大都是他们平时没有见过的，俊辉好奇心强，看什么活动都津津有味，差不多有把人家运动员换了下去的架势，这里的人也热情随和，比赛好像只是为了好玩，有些时候俊辉央求完成了比赛的人陪他玩一把，通常都会得到许可，此时他才发现，在蒙古人面前，他犹如小鸡一只，他的力量和重量，根本经不起人家轻轻一摔。麦琳也在运动场上乱闯，累了就买“手把肉”吃，感受着蒙古人的野性、力量与豪爽。

如果不是只能吃羊肉，和俊辉在这里像他们这样简单快乐地生活一辈子，麦琳觉得也一定是一件很幸福的事。

麦琳带着俊辉去了父母在北方的家。她以为他们肯定很喜欢高大帅气又能干的俊辉。俗话说：丈母娘看女婿，越看越喜欢。虽然他们还没有到要结婚的地步，但感觉应该是一样的。

“你答应和俊辉分手吧。”第二天妈妈就悄悄地对麦琳说。

“为什么啊？”

“俊辉长这么帅，又能说会道，我怕将来你在家里辛苦，他在外面花天酒地，你是管不了他的。”妈妈的这话一下子击中麦琳的要害，她一直这么担心着呢。

“这……你凭什么瞎猜测啊，你怎么知道就会这样？”麦琳说话有些泄气了，好像干了坏事被对方撞着了，说谎也没了底气。

“你听我的没错，我看人还是很准的，昨天你表妹来坐在沙发上，我注意到他的眼睛盯着她看，眨也不眨一下，说明这人性格好色。”妈妈说得有理有据。

“漂亮谁不喜欢啊，我也喜欢看美女。”虽然嘴里还在辩解，麦琳承认心里有些相信她了，然而她还心有不甘。

妈妈开始苦口婆心地劝麦琳，还引经据典地拿生活中她见到的案例来警示她。在妈妈轰炸之下，本来就不自信的麦琳，被妈妈所描述的可怕前景吓倒，答应妈妈，回校就后与俊辉分手。

麦琳回到学校，实在无法对俊辉启齿说要分手，况且，她情感上根本离不开他，但是欺骗妈妈的愧疚感、罪恶感让她感到很沉重。

“你有什么心事瞒着我？快告诉我。”热恋中的爱人总是敏感的，俊辉感到了麦琳的心事。她只好告诉了俊辉她母亲的要求，没想到俊辉说：“你妈妈也找我了，他叫我再也不要找你，叫我一定要答应她和你分手。”

“那你怎么说？”

“她求我了，我只能答应啊！”

“我也感到很内疚，总感觉在欺骗了她，怎么办？”

“不用担心，我以后会想办法的。”俊辉总是处处都自信。麦琳也只能由着事情这样发展了。

情侣们在一起时间久了，难免会磕磕绊绊地。

他俩在校园散步时，遇到一个同班的男生吕宁。

“俊辉，我叫你帮我向何老师借的书拿到了吗？”吕宁问。

“我帮你问过了，她说最近自己刚好在看，过几天我再问一下。”俊辉回答。

“什么书啊？”麦琳好奇。

“《美式英文口语》。”

“你不是昨天就拿来了吗？”麦琳明明看到他已经拿到了这书本，不明白为什么他却要说谎。

“这你不懂，如果马上给他，他会觉得这么容易，你就显得没什么功劳，只有让他觉得很不容易，他才会更记得和感谢你。”俊辉的话让麦琳怀疑他是不是对她也这样，她很不喜欢这种做法，她觉得人与人交往简单真诚就好。她觉得他会这样对待别人，那么，对她也一定都如此，她突然觉得他的话都无法相信了。这件事，加上妈妈的分手要求一直搁在心头，麦琳又向俊辉提出分手，这一次俊辉居然立即同意了。第二天，第三天，俊辉都没有如以往一样来哄她求她，麦琳开始感受到心里刀割般地疼痛，她才发现，原来她在心里是多么依赖他。终于，她顾不得尊严了，去找俊辉，告诉他她还是想和他在一起。以前每次吵架都是俊辉来求她，她总会心软，总会重归于好。而这一次，她去求他，他竟断然拒绝了她的要求，麦琳甚至用了她自己曾经很鄙视的、他用过的方法：下跪求他。然而，他依然是冷冷地、坚决地拒绝了她。

这个拒绝让麦琳感到万分痛苦。到了每一个他们往常可能在一起的时间，她都会难过。她去到任何可能可以看到他的地方，可是她总找不着他。唯一可以看到他的时候是上课的时候。她常常一个人静静地坐着，突然泪流满面。麦琳第一次了解到自己原来是如此脆弱。依赖另一个人给予情感满足却被拒绝太痛苦了，麦琳几乎支持不下去。她寻找每一个可能遇到他的场合。

周末到了，她去学校舞厅等他，他果然来了，可是，他不来请她，总是请别的女生，她更难受了，一个人跑了出去。一个男生在后面追了出来，她以为是他，故意慢了下来，他却始终没有靠近她，到了操场，她回头一看，却不是他，而是一个同年级其他班级的男生，他们并不认识，她就停下来慢慢地走，想知道他跟出来有什么意图。

“你干吗跟着我？”她终于忍不住了。

“我喜欢你很久了。”

“我有男朋友的。”

“我当然知道，不过，你们最近分手了不是吗？”他居然这么清楚。

“你怎么知道的，我们只是闹了小别扭而已。”

“这很容易，像今天晚上，他一直都没有请你跳舞，你跑出来了，这还不够吗？而且，你们以前一直粘在一起，最近都没有在一起了，我看到你在餐厅吃饭也都是一个人闷闷不乐的样子，我观察了好久了，知道吗？我不知道为什么特别喜欢你，做我的女朋友吧！”说完，他走过去抱住了她。

如果在任何其他时候，他这样的拥抱都一定会惹得麦琳大喊大叫和反感，而这个时候，麦琳因为俊辉的不理睬她而难过、心痛，她此刻多么期望俊辉可以这样抱着他，这个陌生人的拥抱此刻是麦琳的慰藉。麦琳知道了他是另一个班的班长，她挣扎了下在他怀里呜呜地哭了。哭的时候心里想着俊辉：“讨厌的俊辉，你为什么不珍惜我。”

“我叫冬宇，是生物班的。”

麦琳伏在冬宇的肩上哭了一会，情绪渐渐平息了。

“你为什么喜欢我？”

“傻瓜，我哪知道为什么喜欢你。”冬宇这句话让麦琳突然有些感动。他是瘦瘦高高的类型，很斯文，和俊辉帅气是不同的，可是麦琳喜欢俊辉那样壮壮的。

“谢谢你今天陪伴我，不过，以后不许你再找我。我还是爱俊辉的。”走的时候麦琳坚定地告诉冬宇。

“明天如果你还是一个人难过，我陪你出去走走。我一整天都在图书馆等你，你想找人陪的时候就去图书馆找我。”麦琳也没等他说完，就一个人飞似地跑回去了。

才不想你陪。麦琳边跑边想：我才不喜欢你呢，我想要陪的人是俊辉。

一周过去了，俊辉仍然没有来找麦琳，麦琳也已经不好意思再去找他了。看着宿舍里其他女生的男朋友过来的时候，麦琳就想起以前俊辉来的情景，心里特别难过。中午饭后，她好奇冬宇会不会真的在图书馆等。找了本书顺便去退书，刚到图书馆门口，就看到他从里面走出来。

“我们一起到学校外面走走吧。”

“你怎么知道我来了？”

“我一直在看着你呢。”

“我来借书的。”她管自己进去了。

“你怕被别人看到吧，我到学校门口等你。”冬宇看起来善解人意。

麦琳借了书，犹豫了会，好奇心和报复心一起，她往校门的方向走去。

麦琳和俊辉几乎从一入学就恋爱，俊辉又是高调的人，几乎全校的人都知道她俩的关系。如果有人发现她和另外一个男生在一起，她的名声就毁了，其他人就会觉得她很轻浮，随意换男友。曾经一个二年级的女生换了个男友，宿舍的女生们没少骂她“骚货”，好像她们就是那个被背叛的男友似的。

想到这点，麦琳出来时自然是心惊肉跳的，生怕被其他同学看到。

偏偏天公不作美，她到了门口，冬宇看到她，刚过来和她说句话，就被同班的一个男生看到了。她想我们也没干坏事，装作不经意地走过，让冬宇不要跟太紧，一个人快步先走。

他们到了学校附近的一座小山，在树木里坐着聊天。她到了才发现这根本是一个错误，她很害怕俊辉知道了，他一定会很生气，也害怕被其他同学看到，这种心情还不如一个人待着想念俊辉来得简单。

“今天真的是最后一次和你一起出来，以后不要找我，我不喜欢你也不想惹麻烦”。

“你们不是分手了吗？你不要怕，我会保护你的。”

“我真的没有喜欢你，我们分不分手不关你的事。”

“我觉得我们两个在一起会很幸福，很般配。”

和俊辉恋爱后，麦琳没有和其他男生一起玩过，甚至连开玩笑说说话也没有。俊辉是个醋意很强的人。记得他俩刚开始恋爱不久，一次学生会搞文艺活动，学生会主席对他说了声：“麦琳的票我已经给了。”他就差点和人家打起来了，其实人家根本还没有给她，也没有和她说过话，可能只是想和他开个玩笑。

她特别害怕俊辉知道，那样就彻底完了。

她害怕的事果然发生了。

晚饭后麦琳去了图书馆自习。自上次去求俊辉，他不理她之后，她就再也不在教室学习了，免得听到他的声音难过。她坐下来不久，冬宇居然也来了，还坐在了她旁边的位置上。

“喂，能不能不要坐这里？”

“你看你的书，这里空位我为什么不可以坐？”

“呯”的一声，又一个人过来坐在她对面的位置上，麦琳抬头一看，是俊辉，麦琳一看他的脸色就知道，他肯定听说了下午麦琳和冬宇出去的事了。麦琳的心跳得厉害，只得拿起书跑了出去。这个傻子般的冬宇，又跟了出来，当然，俊辉也跟出来了。

“你不要跟着我。”麦琳对冬宇说。

“我要保护你。”

“你凭什么保护她？”俊辉从后面过来，就朝冬宇一拳打去，冬宇也不示弱。两人就在图书馆外面的草地上打了起来。

“别打了，别打了。”麦琳在一边哭喊着，可是两个人谁也不听她的。她又羞又怕，想上去拆开他们，被俊辉一脚踢得很痛，他们两人打得越来越凶，事情惊动了老师，最后老师来了才平息下来。

这之前，麦琳心里都只有俊辉，可这件事，让她看到他的野蛮，不讲理和狠心，她下决心忘了他。对于冬宇，她也恨得牙痒痒的，都是他惹出来的事，叫他不要干的事他根本都不听，惹得现在她好像成了朝三暮四的坏女生，名声全给他毁了。

麦琳在羞愧、恐惧和愤怒中度过了一个无眠之夜。心里一直想着：这一辈子，都要离这两个男人远远地。

她在夜里一遍遍想着天亮后，该如何面对老师和同学们的眼睛，他们一定会认为她是一个轻浮的坏女生。还有俊辉，她那么爱的一个人，今后肯定无法在一起了，她无法想象今后还可以爱别人，还有人会爱她。悲伤和羞愧让她感觉完全没有脸再在这个校园里待下去了，然而如果退学的话，父母会疯掉的，她也更加无脸见人，麦琳想了又想，比较好的办法是死去。

麦琳似乎看到俊辉听到这个消息时后悔痛哭的样子，看到同学们可惜的语气和神情，对了，得先写好遗书，这样他们才会了解真相，还有冬宇，她开始不恨他了，毕竟他是因为爱她。还有妈妈、爸爸，妈妈听到消息也一定会后悔，起初不该干涉他们的恋爱。可是想到爸爸时，她有些心疼他了，如果她死了，只有他特别可怜，她是他唯一的亲生女儿，她走了，他就无依无靠了，哥哥们以后会怎样对待他也不知道。可是，这个时候她也顾不上了，她实在没有力量挨过现在的时光。

她开始仔细策划明天要如何行动。先起来淡定地去吃饭，再到教室去写遗书，然后打扮好，带好车钱就去普陀山。想好了这些，她感觉自己反倒有了力量，慢慢平静下来了。

平静了后，她再继续想象，俊辉难过悔恨一段时间之后，慢慢把她忘了，又有了新的女朋友，开始了新的幸福生活；同学们老师们也渐渐淡忘了这件事，大家都在过自己的生活，只是许多年后同学会上，大家偶尔提起那个麦琳，好可惜好傻噢；妈妈也不再遗憾后悔了，她忙于照顾孙子孙女，只有爸爸一个人，一直没有办法忘记，一直在痛苦想念中。想到这里，她猛然惊醒，她的死对任何人都构不成伤害，除了爸爸。而且，这样死去毫无意义，除了觉得遗憾和傻，并不能为她挽回什么，她打消了去跳海的念头。

天刚亮，冬宇居然就到宿舍来了，还给麦琳送来了早餐。此时，她感觉全天下的人都极度厌恶她，没人会理她了，冬宇同样也是这个事件中受到影响的人，他给人横刀夺爱的印象，自然也是受到谴责的，他这个时候还有勇气给她送来早餐，让她有些感动。

"我昨晚一夜都没睡。"麦琳一看到他就说。

"我知道你肯定睡不着，我也一样，所以我要先来看看你。"

"谢谢你，你走吧，你在这里给别人印象不好。"

"我不怕。"

"我讨厌你不怕，可是我怕你知道吗？你为什么都不替我考虑考虑？"麦琳一听他说不怕，就生气，如果他不是这么个奇怪的人，也不会发生这么大的冲突事件。

"好吧，那我走了，你不要太难过了，没关系的，你放心，不管你们发生过什么，我都会爱你的。"此前，麦琳完全没有爱冬宇的感觉，现在他这番话多少让她有些感动。

麦琳没有特别有交情的闺蜜，平时大都和俊辉在一起，现在遇上这事，也没什么人来安慰她，况且，什么人都无法安慰到她，除了俊辉，但是显然俊辉是不可能再来找她的。她在床上躺了好几天之后才开始感到饿，想吃东西，等她吃东西的时候，才发现胃出现功能障碍了，吃什么都想吐，去看了医生说是得了胃溃疡了，建议先喝几天葡萄糖补充能量，等过几天胃恢复功能再慢慢添加流食。

俊辉一定以为麦琳真的移情别恋了，他打架的事也差一点被处分，不久后，他又开始在学生团体活动中出风头了，不久后在一次演讲竞选中，成功被选为系学生会副主席。好像暗中较量似的，冬宇也参加了他们系的学生会主席竞选，居然也一样被选为系学生会副主席。此后，冬宇如同从前的俊辉，坚持不懈地来找麦琳，麦琳有时候也会和他出去散散心，但是她发现她仍然无法爱上他，俊辉仍然在她心里挥之不去。

"如果再回到从前

所有一切重演
我是否会明白生活重点
不怕挫折打击
没有空虚埋怨
让我看得更远
如果再回到从前
还是与你相恋
你是否会在乎永不永远
还是热恋以后
简短说声再见
给我一点空间
我不再轻许诺言
不再为谁而把自己改变
历经生活试验
爱情挫折难免
我依然期待明天”

俊辉经常喜欢在教室里唱这道歌，麦琳每次都听得泪流满面。从他的歌声里，她感到，他也和她一样，放不下对方。渐渐地，她能够从一些班级的活动中感受到他对她的关心，然而，他们的事在校园里闹得沸沸扬扬，没有人不知道他们之间发生的事，俊辉是好面子的人，他们无法在公众面前交往了。

有一天晚自修后，麦琳在路上遇到俊辉，他走到她面前说：“麦琳，到我办公室去下好吗，我有事和你谈？”“好的”她几乎不假思索的回答。这是几个月来他们第一次站得这么近，如同第一次他约她一样，她激动不安又开心不已。她去了俊辉的学生会办公室。

敲门的时候心咚咚地跳，生怕开门的是别人。俊辉开了门，她一进去，他就紧紧地抱住她，什么话也没说，抱了很久，她闻到他身上熟悉的味道，这一刻，她幸福地融化了，感觉自己完全不存在了。

“麦琳，晚上不要走好吗”。他们都思念渴望彼此已久，再次的重逢使他们重新陶醉在爱的甜蜜里，不愿分开。麦琳也很渴望和享受这个时刻，也希望可以和他一直在一起。可是，她是女生，更害怕舆论的压力，害怕宿舍的人会因此而对她有看法，也害怕，万一学校发现，她将再次面对难以面对的局面。她努力地挣脱了他的怀抱，回到宿舍。而对于她如此坚决要走的态度，俊辉以为她并不爱她，不想和他在一起，很生气。

他们只能偷偷地再次约会。

在和俊辉关系闹僵的时候，同宿舍的女生们为了安慰她，在麦琳面前数落了俊辉一堆坏处，她也一样在她们面前控拆俊辉的诸多不是。现在她居然和他又重新和好，差不多是背叛了她们，她们都不约而同地不理她了。麦琳重新得到了俊辉却又失去了友情，对她来说，情感比友情重要，她对自己的情感无可奈何。

寒假前夕，妈妈来学校看麦琳。妈妈在宿舍楼下等她时，楼管大妈告诉了她妈妈，这一段发生在麦琳身上的事，并且恰恰冬宇经过时，大妈指了给她看。妈妈见到麦琳后说：“你怎么这么糊涂，那个冬宇，这么瘦，那还不如俊辉好。”

听她这么一说麦琳放松了。俊辉听说麦琳妈妈来了，就去找她妈妈。麦琳不知道他使用了什么魔法，反正这一次，俊辉说服了她妈，妈妈答应了他们继续交往，且还同意他春节的时候到麦琳家来。

有了妈妈的许可，麦琳和俊辉又慢慢开始转为公开的交往了。

就这样落幕

并不是所有的贝类都能孕育出珍珠，能孕育出珍珠的只有珍珠贝。珍珠贝体内的杂质，在经历创伤后，为了愈合伤口，珍珠贝会分泌出一种物质，凝结成珍珠。还有这样一句话有着异曲同工之意：人和树一样，在逆境中才能成长得更加茁壮。

大三的寒假，俊辉大年初一就从家里出发，初二一早就到麦琳家。麦琳哥哥一早就去码头接俊辉，麦琳留在家里等。麦琳并不想让村里的人知道俊辉的身份，怕是万一以后不成功，影响麦琳的声誉。在乡下，一次恋爱失败，就意味着这个姑娘不纯洁了，声誉就会被破坏。俊辉独特的气质与村里的人们很不同，引起了邻居们的注意：这么帅的小伙子是谁？大家很快猜到了。

那是他们最快乐的日子。麦琳带他去走她小时候玩过的树林、爬山，他常常出其不意地做些好玩的事来逗她，她会被他逗得在地上打滚。俊辉的幽默也赢得了麦琳家人的喜欢。

“我们家麦琳是不嫁到外地的，如果你喜欢和她在一起，你必须到我们这里来。”麦琳的妈妈说的话似乎一点余地都没有。俊辉马上说他愿意毕业后放弃留在大城市，跟麦琳来到她家乡。然而，就在经历风风雨雨，终于得到家人认可之后，到了三年级下学期，他们的关系却真正地结束了。

心理学家发现，内心保持小孩子心态的人，在亲密关系中会把对方当作父母，在分手时会感到十分痛苦，不愿意放弃对方，如同不愿意放弃父母。他们的难舍难分并不一定是爱得深。麦琳在情感上太依赖对方，希望对方整天陪伴在身边，当他总是有各种原因而不能陪伴在她身边时，她无法妥善照顾自己的心情，类似的经历会唤醒那种被遗弃的伤痛。除非得到无条件的爱，才能治愈这种源于童年被遗弃的心理创伤。然而，俊辉只是个爱玩的大男孩，他还没有成熟到可以付出这样的爱，事实上，极少有人可以做到。

对被遗弃的恐惧使她总是负面解读俊辉的行为。在新鲜感过后，男生会更多的投入同性的活动也是正常，她会解读为她对他不再有吸引力了，他偶尔与其他女生的来往，她会解读为他移情别恋了，不堪这种痛苦的折磨，麦琳再一次提出分手。

四年级开学初，学校搬到了城里的另一个校区。环境的改变极大地帮助了他们的分手。

很快，俊辉有了新女友，之后，他再也不来找她了。

麦琳在新的环境中也开始结交了许多新朋友，开始和其他人交流，比如和一群男生女生一起出去玩，唱歌、跳舞等等，更重要的是，她开始努力学习，这一年学习上的投入精力几乎是前三年的总和，因为做毕业论文，需要把之前没有懂的东西重新搞懂。

这一年，成了麦琳大学里收获最多、最充实、最快乐的一年。

俊辉此时在校外租了一间房子，和他的新女友住在一起。

毕业前夕，俊辉在租来的房子里请客，邀请了一群班上的同学，也包括麦琳。麦琳看到他的房间里另一个女生的生活气息时，她心里突然很难过，这个原来是属于她的人，和她最亲的人，现在却和另一个女人这么亲近。或许是对流逝的大学时光的不舍，或许是麦琳误读了俊辉的意思，或许是感情本来就是琢磨不定的。不知为何，麦琳心底里又复燃起对俊辉的那种情感，她突然感到自己还是那么爱他，想念他，她又鼓足勇气去找他。

她告诉他她还爱着他。

俊辉应约来到他们曾经约会的公园里。他们已经分开好久了，可是，此刻，当他靠近她时，她还是立刻闻到了他身上熟悉的味道，感到他们似乎不曾分离过。俊辉也自然地拥抱了她，她依然那么享受他的拥抱。

“俊辉，我错了，我发现我离不开你，我还是爱你的。”

“麦琳，听话，毕业了回家好好找一个爱你的人。”

“你不爱我了吗？”

“太晚了，我已经对她动心了。”

“那么，我们之间是没有任何希望了是吗？”

“是的。”俊辉的回答那么坚决，原来她误会他了，他根本不是她以为的那种薄情的人，是她错怪了他，是她自己放弃了他的，她更是难过、后悔。

“傻瓜，不要哭，爱过就好了。我也曾经以为我不会再爱别人了，可是，后来遇上了晶晶。你以后也会遇到适合你的爱人的。”

俊辉的这话，既让麦琳有了希望，也让她更绝望。最后一年的快乐在最后几天里全都变成了泡沫，她以为自己做得最对的一件事，现在成了她最后悔的。离开学校的那天，她和几位老乡一起，从宿舍出发就一直哭，坐上出租车后更是号啕大哭，一直呜呜地哭到车站。

麦琳的大学生活就这样落幕了！

离别校园时的恸哭不仅仅只是因为爱情的失落，更有对一段被蹉跎了的青春无限惋惜和悔恨。

或许失恋，是令女人迅速成长的重要途径。毕业前夕，俊辉让麦琳痛彻心扉的拒绝，使她领悟到：女人，需要不断地实现自我成长，不能过于依赖男人。或许正是这个领悟使得麦琳在以后的生命中不断地成长、蜕变。

意外的结局

从来没有谁能够完完全全地把握自己的命运。可以把握的只有选择。人生的每个抉择都像是一个赌局，输赢都是自己的。所谓命运，是我们每一次在人生的十字路口的选择。然而，不管哪种选择都会有得有失，或许在更高的灵魂层面，根本无所谓好坏。

麦琳大学毕业后在学校当老师，这个结局真是有些戏剧性。考大学的时候，师范类院校是最后一批录取的，报考师范还可以加分，师范类毕业生都想方设法不去学校当老师。

分配工作的时候，关系似乎比成绩重要。麦琳来自乡下，在政府部门工作的亲戚也找不到一个。全部家族掘地三尺，最后终于找到一个同村的，据说七拐八弯还能搭上个表表亲的表表叔，在县城里某局当局长。麦琳的父母托乡亲找到了他，他一口答应帮忙麦琳找工作。表叔表示他自己局里没有多余的编制，愿意利用其关系给帮忙在其他单位找个工作，但需要活动费，开口要一万元，麦琳吓了一跳，原来大学生这么不值钱，找工作还要给一万活动费，要知道，在城里买房子一套也就三、四万呢。父母也是吓出一身汗，但是为了女儿前程，也不能不舍得啊，不然读了这么多年的书，没工作怎么办，一辈子的事呢。父母咬咬牙把钱给汇了去。

那个酷热的夏天，麦琳一次次汗流浃背地，又局促不安地从乡下坐半天车来到城里，找到局长大人打听结果，又一次次地再回去等待结果。麦琳从小害怕权威人物，生怕去多了让局长生气，不去又担心局长说她不关心自己的前途，还要别人来操心，万一有了结果，难道还让局长亲自给你报告不成。麦琳左右为难，不知道该怎么做才是恰当的。这个时候机关实施大小周末休息制，遇上小周末，就是一周只在星期六休息一天，大周则是星期六、日休息两天，麦琳经常搞不清楚，有时候星期六坐半天车到了城里，却遇上大周末，白跑一趟。

等到暑假都快结束了，同届毕业的同学们都上班了，麦琳的工作还是没有着落。

就在麦琳焦灼不安又无可奈何的时候，事情发生了戏剧性的转变。

麦琳觉得命运之神似乎一直在冥冥中眷顾她。

一位在市里工作的大学校友，偶然地问麦琳工作找好了没有，麦琳说还没有，他告诉麦琳，第二天他爸爸会到麦琳所在县城的某局出差，麦琳可以找他帮忙，为了让局长觉得麦琳和他爸是很亲的关系，让麦琳叫宋伯伯。麦琳激动得一夜没睡，不敢太相信，也不知道这个宋伯伯可以帮多大的忙。

第二天一早，麦琳按照同学的指示，找到了某局，说要见从市里来的宋伯伯。

“你的宋伯伯你不认识啊，喏，他不是坐在那里吗？”一个领导模样的人回答。

“宋伯伯。”麦琳怯怯地走过去叫了声。宋伯伯高高瘦瘦地，背很直，似乎象征着他的正直为人。

“麦琳啊，来坐坐！”宋伯特别和蔼，他一说话，麦琳之前的紧张担心少了大半。

宋伯对刚才的那个领导介绍了麦琳。宋伯带麦琳去见市委书记，他们是战友。

“你们先找找其他的工作，如果没有找到喜欢的，就到我局里工作吧！”临走的时候，局长这么说。麦琳一听，惶惶有些不敢相信，因为即使是这个局的工作，在这之前对麦琳而言也是可望而不可即的，现在听起来是很容易的事了，甚至还可以挑选更好的工作。麦琳一直生活在学校象牙塔里，与家人一起生活的时间也很少，与社会接触更少，并不十分了解什么是所谓的好工作，也不清楚自己到底喜欢什么工作，只是印象中记得听人说过，银行的工作比较好，麦琳就随口说了声：听说银行很好。

宋伯带着麦琳到了书记办公室，书记马上打电话到银行，几句话后，书记说你们现在可以过去了。麦琳觉得如同在做梦，生怕一下子梦就醒了，希望立即把事办妥才心安。

当麦琳和宋伯伯到行长办公室见到行长后，行长说明了工作入职手续，需要并向上级部门单位提交申请编制，让麦琳提交资料。这似乎是一次奇迹的降临，麦琳平生第一次见识了权力的魅力。

麦琳向来在权力的外围，从来没有机会体会权力的魅力。宋伯伯似乎没太努力，就在顷刻间改变了她的命运。

在等待上一级的管理部门批复的过程中，有一天，麦琳接到宋伯的电话：“麦琳，市里有一个学校需要你这个专业的老师，你有没有兴趣去看看？”

“好的啊！”麦琳不假思索地回答。在学校里面对学生应该比数钱来得有趣，麦琳觉得很激动。

“那你明天过来，我带你去和校长、书记见面，他们要先面试。”

第二天麦琳一早到了市里，坐上宋伯伯的车前往学校。

“学校位于郊区，和市区有点距离，你去看看喜不喜欢。”车子驱出市区后在郊区马路上走了好久还没有到学校，学校的地理位置有些偏远。

一进校门，麦琳似乎就闻到白墙青瓦的教室里散出来书香的气息，背后一座山环抱着校园。麦琳感到很喜欢这样的环境，学生们成群结队地来回穿梭着。在学校生活十多年，一直是个学生，想到现在可以以另一种身份在学校里生活，感觉既神圣又新鲜。麦琳还没能来得及更仔细地观察校园，就匆匆来到校长办公室。

或许是因为校园氛围和教师岗位的吸引力，或许是不想让宋伯伯失望，一向胆小木讷的麦琳居然伶牙俐齿起来，表现得落落大方，可能加上宋伯伯的面子，校长和书记都一致表示认可麦琳。

麦琳开始认真比较这两份未来工作的实际内容，体会工作中可能的感受。

麦琳想象坐在柜台前数钱的感觉，感觉不是很好玩的一件事，况且，麦琳是个马大哈，平时很容易犯小差错，一定是学校工作更有趣，至于其他方面，比如收入，麦琳则完全没有考虑到。于是，麦琳回绝了银行的工作，选择了成为教师。

所谓命运，是我们每一次在人生的十字路口的选择。不管哪种选择都会有得有失，无所谓好坏。虽然在当时教师并不是一个很受欢迎的职业，但麦琳更喜欢教师工作本身：需要不断学习和成长。

麦琳身边没有疼爱自己的父母或兄弟，给她提供建议或要求，她可以完全自由地遵循自己的内心作选择。她的选择多少显得有些单纯幼稚，因为按照社会的标准，银行是最好的工作，收入比老师高出许多倍，许多人是不得已才去当教师的。

许多年后，麦琳读到心理学大师弗洛伊德说：在面对我们潜意识心灵的要求之际，我们的实用主义观念必须让步。为了使个体化的过程变为现实，人必须有意识地顺应潜意识的力量，而不是去思索什么是人应该做的，或者去想什么是人们普遍认为对的。人必须真正去亲耳聆听，以便听到在此时此地的特定境遇中，内心总体需要他做什么。

如果是基于自己心的选择，人们就会自己负起责任，即使不好的结果也不会有不满。麦琳一直自怜没人关心，独自面对生活其实也隐藏着最大的好处——自由。

因为毕业时档案已经分配到县城里，现在要调到市里的学校，得回到原来的大学重新分配，不仅如此，还要省教育厅同意重新调整，并重发分配令，此外，还要到工作单位所属的管辖部门办一些手续。这三件事办起来都不容易，从来没有在社会上办过事的麦琳，在炎热的夏天，连坐几天长途汽车，到不同的地区，找不同的部门、不同的人，一一办妥，这一过程中，麦琳的实际工作能力得到了快速的成长。

麦琳被分配到学生处工作，管理学生，同时兼职上课。当了老师以后麦琳感觉自己的学识远不够，她为大学里并不出色的专业成绩感到羞愧。觉得自己哪方面的能力都不够胜任，组织能力、管理能力、策划活动的能力、演讲的能力，都有待提高。

于是麦琳开始努力弥补这些缺陷。

学校远在郊区，晚上宿舍没有电话，没有网络，也没有电视，父母和家人都远在天边，单身住校的年轻人只有麦琳一个，其余住在学校里的都是结了婚的外地年轻人，下班时间麦琳可以做的事只有加班或学习。在那些没有任何娱乐可以消遣的时光里，麦琳开始如同高中生般的努力学习，现在，她是依照实际的需要、兴趣而努力。她开始真正品尝到了学习的乐趣。出于内在动力的指引的学习，是有效率和乐趣的。大学时代学业上的荒芜此时成了鞭策麦琳前进的最大动力。

麦琳偶尔想起去考读研究生，但这个想法只是在她脑中一闪而过，即刻被她自己否定了。麦琳觉得以自己的水平根本考不上研究生。一旦我们认定了的事情，我们很难改变看法，比如麦琳总觉得自己做什么事都不够优秀。

毕业班的学生只比麦琳小一两岁，甚至还有少数几个因复习或工作过的，和麦琳同龄。在这些学生面前，麦琳看起来还没他们成熟。麦琳又显得孩子气，在学生中完全没有老师的威严。

麦琳工作的学校是中专，学校保留着中学般的学习制度，学生晚自修还要点名。每次晚自修轮到麦琳值班的时候，只要她到教室一出现，几个调皮的学生就开始和麦琳开着善意的玩笑，搞得教室里闹哄哄的，使得麦琳无法如同其他老师一样维护好纪律。

麦琳没有经过师范生的训练，完全不知道该如何备课讲课，加上她本来也不擅长在公众面前讲话，第一次上课前几天紧张得不得了。向办公室里的老前辈们请教，他们给麦琳讲了许多老教师们第一次上课的故事，某某老师第一次上课被学生哄下台，某某老师讲到一半忘了要讲什么等等，麦琳担心自己也会出现此类事故，多年以后也成为一个被流传的故事主角。麦琳的第一堂课课前准备得很认真，但仍然很紧张，上课基本上如同背书，麦琳自己也不清楚到底有没有搞懂，麦琳的所有注意力在于强装镇定，不让他们起哄和被赶下台，第一课堂居然安全过关。

下课后，麦琳马上问学生：“你上课有听懂吗？”

“老师，这个一点也不重要，我喜欢你，还有你的声音也很好听。”虽然学生基于善心，没有扰乱麦琳的课堂。麦琳自己一直觉得教师是崇高的职业，她觉得自己远不够资格，需要提高许多方面的才能以缩短这个距离。要说麦琳有什么素质是教师应该有的，那就是爱心与好学。她的爱心为她赢得了信任和好感。每天下课后一堆学生挤到麦琳房间不肯回去，要麦琳轰赶才走。她的好学，使得她不断成长，多年后她的梦想实现成为可能。

在这个偏僻郊区，远离亲人朋友，也没有同龄人可以约会。周末、节假日的时候，麦琳难免有时被孤独和寂寞所困扰。她常常跑到办公室给家人打电话。一次在每周一次的教师例会上，校长差不多点名批评了：“某些同志，常常用办公室电话打到天边去。”麦琳猜想谁都知道那是指她，别人下了班就回家了，而且，只有麦琳的父母在天边“内蒙古”工作。

在这个远离城市的郊区，麦琳下班后孤单的生活中，唯一能做的事就是读书。只有书籍、只有阅读，能让你狭窄的生活变得开阔，让你孤寂单调的日子变得丰富多彩。

麦琳突兀地闯入教师的行业，毛手毛脚地开始为人师的工作，就在麦琳以为安全过度，开始习惯教师的身份时，班上一个很调皮的学生给麦琳出了一个难题。

这个叫陈舟的学生，三番二次考试不及格，还不遵守学校纪律，学校打算开除他。

在课堂上，他总是不好好听课。有一次，麦琳在上面讲，他在下面比麦琳讲得还起劲，麦琳就用了从老教师们那里学来的据说比较有用的一招，她悄悄地走到他身边，站着一言不发地看着他，结果他也两眼直直地盯着麦琳，麦琳被他看得好似自己犯了错，差点要逃走的感觉，正在麦琳有点不知所措的时候，他看着麦琳的眼睛很认真地说："老师，我觉得你的眉毛修得很好看！"

麦琳忍不住笑喷了，也无法再装严肃了。只好讨好地说：下课后来下我的办公室。下课后陈舟根本没来，麦琳也没辙。

这次学校要开除他了，麦琳以为如此玩世不恭的他，对于被开除也不以为然。结果，那天下课他倒认真地到麦琳的宿舍来了。

"张老师，我可以进来吗？"陈舟出乎意料地有礼貌。

"可以，进来吧。"

"张老师，不好意思打扰您休息了。"一个陌生的男人冒出来，原来陈舟的爸爸也来了，难怪。

"张老师，你一定要帮帮忙，陈舟不能退学，他如果退学了就是死路一条，肯定就会走上邪路的。"陈舟爸一进门就几乎恳求着说。

"你别急，我想了解是什么情况？陈舟呢，你自己是怎么想的，还想留在学校继续学习吗？"

陈舟不语。陈舟爸急着解释："我和他妈妈分开了，前几年我做生意亏了很多钱，她就走了，我后来也没办法照顾他，他本来是个很好的孩子。都是我对不起他。"陈舟爸一脸的沉重与愧疚。

原来如此，麦琳一下子同情起陈舟来了。但一想到他平时根本一点也不听话和捣蛋，又有些生气。

"只是陈舟自己根本不想待在学校里了，他不仅自己不学习，还影响其他人，学校也要从整体环境来考虑。"麦琳想了解陈舟自己是什么态度，如果他不想学习，他父亲再努力也没用。

"我也想继续留下来，以后我会好好学习的。"陈舟终于发言了，他的这话让麦琳很惊喜。了解了他的情况之后，麦琳既同情他爸爸，也同情他，真不希望社会上又多出一个无人管教的不良少年。

"陈舟，你认真的吗？我可以相信你吗？如果你是真的想留下来，我会努力为你争取，虽然我还不确定一定可以成功，但我会尽力，但是如果你不会珍惜，我就白努力了。"

“不会的老师，我真的会珍惜的。”陈舟说话的语气也不同了。

“这样吧，这次期末考，你如果能够每门课都及格，就撤销退学处分，你看可以吗？”

“老师，万一有一门课不及格，给再补考一次好吗？”陈舟讨价还价了。

如果真的只有一门不及格了，学校应该会同意让其继续学习，麦琳心想，只是现在绝不可以让他知道。

“这个也不是我可以说了算的，都要学校同意才行，前面的要求也还只是我说说而已，学校能不能答应，我也没底，我尽量努力吧。”虽然这么说，根据麦琳在学生处这段日子的工作经验，应该是可以成功的，学校嘛，总是以教书育人为准，开除是不得已才用的下策。

“如果张老师这次帮了我们陈舟，就是我们家的大恩人了，我们会永远感谢你的！”陈舟爸爸的话让麦琳感到当老师的光荣和责任。

如果把陈舟推到社会上，结果一定凶多吉少，学校一定不可以这么做，况且现在他愿意改正，这是多么难得，麦琳从来没有感到自己的工作如此有价值。

当麦琳和学生处主管协调此事的时候，没想到主管一开始竟然不同意麦琳的意见，麦琳极力辩护和保证之下，终于愿意给陈舟一次机会。

此后，麦琳经常找陈舟聊天，陈舟也愿意对麦琳讲许多心里话了。他告诉麦琳，之前他搞破坏、捣蛋都是为了引起老师、家长的注意，因为平时没有人关注到他。只有在那些时候，他才会被注意到，他才会感到自己是重要的。

了解到这点让麦琳很震惊，没想到会是这样的目的。原来这世上根本没有所谓的“坏孩子”，所有孩子呈现出的坏行为，只是他们对环境的一种反应而已，所有的行为都是为了得到爱，只是他们用了错误的方法。

陈舟果然也不捣蛋了，还成了麦琳的好帮手，课堂上帮麦琳维持纪律。学习成绩也很快上来了，期末虽然还有两门不及格，经补考后也都及格了，毕业后分配到了乡镇工作。据说几年后还当上了小领导。这件事一直让麦琳特有成就感，也开始让麦琳领悟到了解学生的心理与理解他们内心动力的重要性。

当教师的经历让麦琳感觉到了自己学识的贫乏，也认识到了，一个人内在心理动力对外在行为的影响。这为她想学习心理学的念头埋下了最初的种子。

未成熟的爱

别人认为你是哪一种人并不重要，重要的是你自己怎样看待自己，是否真正地肯定自己，相信自己；别人怎样看待你和评价你，甚至如何打败你，并不是你人生中要考虑的重点，重点是要在别人打败你之前，你是否就已经先输给了自己，而不是输给了别人。因为在这个世界上，如果你自己不成为自己的敌人，就根本没有什么敌人。

麦琳尽管当了教师，童年时期遗留的自卑感仍然深深地影响着她。

工作后的生活与在校园学习时是完全不同的。当初在大学里，有人为她打架，但现在，平时见到一位同龄的男生也困难，更别说交往了，对于正处青春年华的麦琳，有时未免感到孤单，或许在潜意识层面，她非常渴望此时能够有一个温暖的肩膀可以依靠。

梦境是潜意识的代言者。

一个周末假日，父母从外地回来，麦琳也回到家乡。晚上梦到一个陌生男人爬到她的房间，她高声喊救命，麦琳高亢的呼叫声，划破寂静的夜空，刺醒父母的心，麦琳的父母从隔壁房间冲进来，爸爸用双手按住麦琳的手，麦琳居然还在梦中没有醒来，她挣扎喊叫得更厉害了。妈妈聪明地想到了打开灯。在灯火的刺激下，麦琳终于醒来了。原来爸爸按住麦琳的手，在麦琳在梦中却感觉到被那个陌生男人按住手的情形，以至于麦琳挣扎得更厉害，第二天，连隔壁邻居都关切地问昨晚发生什么了？

这个梦表达了麦琳当时潜意识多么渴望得到温暖、保护。

妈妈也更加操心她的婚事了。

学校里和麦琳同龄或更年轻的同事们也都谈婚论嫁了。麦琳的同事林佳长得漂亮，爸爸是学校领导，麦琳多少有些出于讨好的心理，与林佳关系很亲近。一天，她对麦琳说："我叫未婚夫去买新房子，他总是没时间去看，我都气死了，你说他这是什么意思？"

"我也不了解他，你知道啊，他是不是真的很忙或者买房钱有压力？"

"他给我看过存折，有二十五万元，买房够了啊。"

"那就是真的忙了呗。"

"不过，他们在邮电新村有一套房子，就是想给他当婚房的，我觉得太小，太远了，想让他买一套新的，离我们学校近一点的。那天他说了一下要不就用原来的房子，可能他不想重新买房子。"

"换房子确实是很麻烦的一件事。"麦琳附和道。

"那我就和他吹，本姑娘长得这么漂亮，家里条件好，工作又这么好，又是城里人，看他到哪里找去？对了，麦琳，听说你们那边做生意的人很多，你有没有认识什么大款？"

"你不会想换掉未婚夫吧？让我干坏事，我不干的，再说，我一直读书，没认识几个人，更别说什么大款了。"

"不是，是想让你给我妹妹介绍，我妹妹也长得很漂亮，比我还漂亮，我有一次带她一起去相亲，结果那个人没有看中我，却看中我妹妹了，你就知道我妹妹有多漂亮了。"

与林佳的这番对话，让麦琳对自己更没信心了。按照林佳的话，麦琳既不漂亮，也不是城里人，不是嫁不出去了？看来这个城市比较世俗。麦琳不自信但也不喜欢浅薄的城里人。

看来，在这个城市里，想遇到如意郎君真是难上加难。况且麦琳整天待在校园围城之内，刚开始工作时拒绝了一些好心的介绍者，现在也没人理会她了，眼看就成老姑娘了。

转眼毕业四年了。妈妈又不断地这样催麦琳：你这条黄鱼卖蔫了，要打折出售了。

麦琳刚毕业时觉得相亲简直是一种侮辱，现在不得不接受相亲这个做法。她对相亲的对象的要求是：来自乡下，有类似的经历，比较能够相互理解，家里不富有，婚后比较平等，人长得不帅，婚后比较安全，不会被小三抢走。麦琳的相亲要求反映了她内在的状态：不自信，不成熟。

按照吸引力法则，你想要什么，就会吸引什么，就会最终过上什么样的生活。麦琳的想法果然不久如愿以偿。

思远符合了麦琳所有的这些想法。第一次通过电话中约好见面时发现，思远就住在离麦琳不远的斜对面巷子里。

麦琳从巷子里出来，远远看到一个人骑在高高的山地车上，她直觉这个人就是她要见的人了。走近一问，果然是。

"我们去江南饭庄一起吃饭吧。"

麦琳骑车跟在后边，到了江南饭庄，下了车。麦琳心凉了一大截，这个介绍人口中"又能干又帅"的钻石王老五，居然和穿着高跟鞋的麦琳差不多高，"这么丑"这是麦琳见到他第一眼时潜意识里的想法，但是她对他身上似乎有一股与外表不符的自信感到好奇。

饭桌上，他谈他的外企面试工作经历，他积极向上的休闲生活方式，他的乐观、积极和侃侃而谈吸引了麦琳，她从好奇到有了初步的好感，饭局结束之时，麦琳差不多决定与他交往了。

女孩生总是容易被会侃的男生骗走。同事小琪听说麦琳的相亲经过之后说了句这么有智慧的话。

比麦琳年轻美丽的同事小琪，和她男友张宇涵是大学同学，毕业后她跟随他来到本市工作。小琪长得如诗如梦，脱尘飘逸，是可以令许多男人一见倾心的那种女生。她的男朋友张宇涵是麦琳曾经见过的对女朋友最好的那种男人，自小琪第一天报到至今，张宇涵是一下班就来小琪这里报到的，麦琳没有见过比他们更形影不离的情侣了。

他们两个人的爱情一直是同事们奉为楷模的典范，小琪也是每个女生羡慕的对象。

然而，就是这样一对看起来特别好的情侣，有一天却突然分手。而且，是对小琪好得不得了的宇涵提出来的。

不仅麦琳无法相信，所有的同事都觉得不可思议。事先没有一个人有觉察到一点点两人关系破裂的迹象，包括小琪她自己。就在前几天的一个晚上，小琪在操场上走路的时候摔了一跤，一如她往常地一样地娇声喊道：张宇涵。宇涵就急急忙忙地从房间里跑出来扶她。

不久前，小琪才刚刚宣布，他们确定两千年的元旦结婚。可是才过这么几天，怎么就会分手？

麦琳觉得爱情总是不可靠的。美丽的小琪，是外地人，因他的爱而来到这座城市，她原来那么地依赖他，他也是那么疼爱她，现在，他突然从她的生活中消失了，她生活的重心突然倒塌了，她如同一个被疼爱的母亲突然抛弃的孩子，完全找不着北，不知道该怎么生活。

作为小琪的好朋友，麦琳去见了张宇涵。除了帮助小琪，她还有点私心：想弄明白是什么，让宇涵从一个温柔多情的爱人，突然间变成一个如此无情的人？

“宇涵，小琪现在很痛苦，你能回去看看她吗？”

“不可能。”宇涵坚决的语气根本不是平日麦琳所认识的样子。

“小琪希望你能够告诉她，她哪里做得不对，她说她都愿意改，你这样突然完全不理睬她，让她很难以接受。”

“你们谁都不要再劝了，我们之间已经结束了，我受不了了，我绝不会再回头的了！”宇涵的语气非常坚决。

“你受不了她什么？你为什么不早点告诉她，你一直这么宠着她，我们有时候是觉得小琪有些娇气了，可是我们都以为你很享受这种感觉。如果你不喜欢，你为什么早点告诉她，你一直培养她对你的依赖，然后，又突然逃走，这样做很不人道的，你懂不懂？”麦琳话语里开始有些怒气。

宇涵只是低着头，没说什么。

“宇涵，你有选择的权利和自由，这个没有人可以强迫你，但是毕竟，你们相爱过，她现在非常痛苦，至少你也要给她一个说法，去看她一下，安慰她一下，现在除了你，谁也安慰不了她，她一个弱女孩，为了你，才远离家乡父母，你怎么忍心这么对她？”麦琳希望宇涵至少能够去看看小琪，或许也可以缓解一下她的痛苦。

“我不会再去的了，对不起！”宇涵说了这句话之后就不再说话了。任凭麦琳劝解，丝毫不动摇。

麦琳知道事情是真的无法挽回了。

小琪陷入了痛苦之中无法自拔。尽管漂亮如小琪，在麦琳看来，宇涵其实是配不上小琪的，要更帅更有才的男生才能够配得上小琪。但麦琳发现无论她说什么都无法让小琪相信：以她的美丽和才气，一定会很快有男生追求她。原来美丽如小琪，也会不自信。

麦琳总结小琪过于骄气了，没有考虑到别人的感受，宇涵终于受不了，忍无可忍，最终提出分手。

麦琳暗暗决心吸取小琪的教训，努力经营好两人的关系。她会时时照顾男朋友思远的感受，让他感受到女性的细心，他也很照顾她，虽然初次见面两人都没有十分喜欢对方，但后来的相处两个人都感觉很幸福。

同事说，麦琳有眼光有智慧，思远是个不错的对象。

麦琳虽然没有经历爱情而进入婚姻，然而知道怀孕开始，麦琳就觉得一直被巨大的幸福包围着。自从成为母亲的那一刻起，身上就不知不觉有了很多的变化，由内而外、有大有小。即使整个孕期都感到非常不适，没有好胃口，但为了宝宝，什么都吃，硬是把自己吃成了胖子，整整多出半个人的重量，怀孕前是一百斤还不到，生产前夕竟然接近一百五十斤。

儿子出生的那一刻，是麦琳生命中迄今为止唯一的高峰体验，是无法用言语表达的体验，或许就是道家所说的天人合一的境界吧。

科学家们发现成为父母和坠入情网的大脑表现十分相似。研究人员说，母乳喂养的过程中，由于孩子吮吸乳头，女性的体内会分泌出催产素，催产素被研究者称为“爱的荷尔蒙”，它能使母亲母乳喂养宝宝并更加亲近，催产素不仅能促进哺乳期母亲分泌乳汁，催产素还是人与人之间亲密的关系的起源，恋人们之所以会渴望拥抱亲吻正是由于催产素在起作用。当人体催产素含量上升时，会随之释放出大量能够缓解压力、延缓衰老的激素、更能促进细胞重生。麦琳在喂养儿子的过程中体验到了比恋爱更让人迷醉的享受。

儿子出生后躺在身边，麦琳完全被他迷住了。无论是他笑、哭、拉、撒，麦琳都觉得可爱极了，甚至连放屁都特别可爱。研究者发现，母亲爱孩子是受催产素的影响。催产素可以让母亲和孩子建立亲密的关系，亲人间的相互凝视也可以促进催产素的分泌，故母乳喂养时，母亲与孩子的对视，也可以让母亲变得更爱孩子。难怪麦琳觉得儿子在吃奶时，与她深情对视的眼睛如此可爱，让她陶醉。

养育儿子时，麦琳发现自己很无知，不知道该如何对待他才是最好的。麦琳希望给予他最好的教养和照料。她害怕由于自己的无知而徒劳无功地做了不利于他成长的事。所以，她阅读各种育儿书籍及婴儿心理学，并产生了系统地学习心理学的想法。

每天儿子睡觉的时间，麦琳就阅读英语、听英语，或许是因为她对学习的渴望如此强烈，她发现这些时候的学习竟然非常高效。

养育儿子的过程对麦琳来说是最有乐趣的一件事。有时候，麦琳刚打开儿子的尿包，冷不丁一个喷泉出来洒了麦琳一脸，麦琳觉得好玩得很。麦琳那时无法理解会有产后抑郁症这类事。对她而言这是她经历过的人生中最有乐趣的一件事。思远也一样，非常疼爱孩子，几乎完全以孩子为中心。连换尿布这样的事，最初他开始都不舍得让保姆做，一定要亲力亲为，直到后来他太辛苦，以至于腰落下毛病，他才交给保姆去做。

儿子几乎开启了麦琳的生命力。过去总是病恹恹、很容易累的麦琳，在儿子降生后，变得却如同牛一般强壮，一整天忙着照顾儿子，弄这弄那，却都不觉得累。

麦琳除了照料孩子，还要工作、学习和锻炼减肥，外人看着会觉得麦琳很辛苦，家里的阿姨说，“我觉得你比我还辛苦，我只要搞卫生和照顾宝宝，你还要上班、学习、锻炼。”而麦琳自己却觉得那一段日子充实而快乐。

又一个转折

能够做自己很喜欢的事是一种巨大的幸运，大部分人工作都是为了领薪水过生活，如果你有远大的抱负、热爱的事业，那么无论何时重新开始都不算晚。

和许多妈妈交流过程中发现，大家都一样地渴望能得到这方面专家的指导。麦琳发现真正能够给予人们指导的信息太欠缺，父母们不知该如何做才是对宝宝的成长最有利的，比如要不要送早教中心，要不要教他学习，要不要给玩具，什么年龄该给什么玩具等等。

此时，祖国大地兴起一股进修、学习的风潮。刚评为讲师的麦琳有幸第一批报名参加了首届研究生课程班的学习。

然而，第一次四天的课程，只上了两天麦琳想要退学了。

每个老师上课要交代的第一件事都是："我不会在考试方面为难你们的。你们只要上完课，交了该交的，一定可以拿到证书。"言下之意只要交了钱了，证书都可以拿到，几乎没有教师提到要如何学习，要教些什么。这对于那些年纪大的教师可真是好消息，他们只要拿到文凭，可以评上职称就万事大吉了。可对于麦琳，一位年轻的教师，真心希望学到一些有用的知识，如果只是混到一张文凭，意义何在呢？

于是第二天上午课间休息时，麦琳经再三考虑找院长要求退学。院长听了麦琳的理由之后有些吃惊，表示可以考虑同意麦琳的要求，但是要扣下一些的学费。具体多少，要商量后才能确定。一年的课上了两天课，总不至于扣太多吧，麦琳这么想着就回家了。可后来发现居然扣除了麦琳两千元，一年总共才四千元，这暴露了进修班的本质，只是为了挣钱而已。麦琳心想如果继续学下去，还要浪费宝贵的时间，更不划算，浪费些钱就算了。

麦琳如此果断地作出退学的决定，是潜意识里希望有一天能够更好地学习自己喜欢的专业和学校。念念不忘，必有回应。一天，麦琳下班时遇到一位已经在浙大读中文硕士的同事，她问麦琳报名了没有，她指的是一项省人事厅的人才培养计划，这个计划是去浙大进修一年硕士班，和正规的研究生一同上课，但如果你能够在此期间通过硕士入学考试，那么这一年的学习就计入学分，继续完成硕士课程和论文即可，相当于提前一年入学。如果没有考上，就当进修一年。虽然之前已经了解这个计划，但麦琳对自己是否有报名资格也没有信心，问也没敢问。同事这一问，麦琳又心动了，第二天就开始行动，打电话问人事厅、学校，都得到肯定的答复。这件事让麦琳体会到，阻碍人们行动的通常都是自己内心的想法，相信自己不可能成功的想法。

在儿子一岁多时，麦琳获得了这个学习进修的机会。

麦琳趁此机会改变自己一直不喜欢的工科专业，学习心理学，尽管麦琳此时已经获得原专业讲师的资格，且因为改变专业而失去报销学费的机会，但为了自己的理想而付出一些代价是值得的。

现在麦琳需要解决的难题是，如何在三个多月的时间内，掌握这几门她完全陌生的课程的知识，通过硕士入学考试。麦琳本来在大学时，就没有好好学习，英语成绩也不好，且工作了许多年，最为可怕的是，竞争的对手大都是重点大学的本科生，现在的本科生所接受的英文教育已经和麦琳的时代完全不同了。

同事、领导说：你以为你还年轻啊。朋友说：现在的本科生很厉害的。麦琳至今也都非常感谢那个时候的自己。不知哪里来的信心和勇气，面对这些怀疑和打击，麦琳反而却暗暗下决心一定要通过考试，一定要考个好成绩。

麦琳一边参加心理学研究生班的课程学习，一边复习需要考试的科目。麦琳科学、合理地安排学习、锻炼和休息的时间，连一分钟时间都没敢浪费。

早上刚起床是雷打不动的英语朗读时间，之后是跑步和早餐，随后完成基本家务，同时也让大脑休息。白天的时间上课或者轮换复习不同的课程，还要利用周末或晚上参加政治复习班，一学期下来，居然还利用在食堂午餐时间，一集不落地看完了琼瑶连续剧《烟雨蒙蒙》，这也是那段时间唯一的娱乐。每两周安排一次回老家看望儿子，在来回的火车上，背政治或英文。

这次考试或许是麦琳人生中第一次特别辉煌的胜利。同期参加考试的许多同事都没有成功。麦琳这才知道，原来自己也不是最差的。以往麦琳都是平时努力，成绩也不错，一到重大考试就失误，中考如此，高考也如此。自信心不足的人通常都如此。而这一次却不同，麦琳考试之前就感觉胜券在握，信心满满，考试也发挥得很好，出人意料地好。

这次的成功经验让麦琳领悟到事情的成功与否，与人们的内在动力和信心有很大的关系。

在过去，麦琳总是生活在压力、恐惧之中，几乎少有放松自如的状态。而婚后，家庭的温暖和对宝宝的爱让麦琳的身心处于一种放松、愉悦的状态，这是一个有利于发挥潜能的状态。

神经科学的研究发现，当一个人处于一定的压力下时，神经肌肉是锁结的，生化物质的分泌物和浓度也都会不同，而这些都会影响一个人对外在的解读及其潜能的发挥。当人充满感激，或是身处欢乐和谐的环境中，或是沉浸于愉悦的工作、学习或冥想中时，研究者会观察到一种连贯的心率变化，心率的和谐决定了脑部接收来自环境的感官信息的能力。心率和谐时，会加强人脑吸收信息的能力，及从中学习，并且做出合适、有效并有创造力的事情的能力。一个人紧张或是沮丧时，心率变化模式呈现出一种不连贯的状态，并令脑子也形成一种不连贯的模式。这种不连贯的模式降低了脑部接收感官信息，从中构建可理解的模式和做出适当的反应的能力。学习的能力也被大大降低。

难怪当年麦琳高中时这么努力，成绩总是力不从心，无法达到理想。

研究生入学报到的那天，一进校园的大门，麦琳感觉空气的味道也不一样。校园里的空气中有一种醉人的淡淡的书香味，或许这也是一种自我催眠。上大学时，天天在校园里并没有感觉到被书香陶醉。一个人有了生活的经历后再读书，就会有不一样的体验，读自己喜欢的书才是真正的学习。

在入学面试的时候，面试老师问麦琳："你认为你学习儿童心理学的优势是什么？"

麦琳仔细想了想，自己没有受过很好的专业训练，英文也不是很好，年纪相对偏大，自己的优势是什么？唯有经历，于是麦琳回答："我有一个三岁的儿子。"老师们哄堂大笑，就善意地结束了对麦琳的面试。

为什么要来学习心理学？

这是许多老师会问的一个问题。事实上，很多人只是好奇罢了。而这个好奇心是太平常不过了，所有的人都会对自己和他人的心理感到好奇，只不过有些人的表现方式是回避它，认为关心心理的人都有心理问题，这类人通常不敢面对自己的内心，会以嘲笑或回避的方式面对生活压力或问题，而另一类人却比较勇敢，会想去探索、了解。

不知道是因为几年教师生涯的作用，还是因为成了母亲，再次成为学生的麦琳与若干年前的高中、大学时在个性上也有了很大的不同。

麦琳几乎喜爱每门课程，且在各个课堂都爱思考、提问，与以前在高中、大学时隐形人的形象完全相反。

尽管如此，麦琳在学习上面临的挑战还是相当大的，不管是专业课，基础课和英文课，麦琳都是弱项。其他同学轻松应对的课程，对麦琳而言，都是难题，但她的优势是，这一切对她来说都很新鲜，心理学的许多理论或实验设计，在她读来都充满乐趣，麦琳不住地惊叹心理学家的聪明绝顶，学习的过程既辛苦也回味无穷。

最难的当属阅读、翻译英文文献，麦琳的英文水平，翻译起来简直要命。

第一次的翻译作业，麦琳的那篇文献也就十多页英文，需要约一周后提交与报告。当天下午刚好没课，麦琳在家兴奋地开始做第一份研究生作业。

一个英文句子，乍一看，很简单，意思也明白了，想要用中文表达出来时，发现总是找不到合适的词，或总感到不如意，没法完整地传达原文的意境。于是，整整一个下午紧张而忙碌的工作之后，到了晚饭时间，发现只翻译了四分之一页。

麦琳仔细计算了下，按照这个速度，翻译完这篇文章，得需要半个月的时间，还不一定完成得了，可是麦琳还得上课，还有其他作业。

这对麦琳而言简直是个不可能完成的任务！

麦琳只好请求帮助，打电话给另一位没有参加这门课程的同学马珊，她英文比麦琳好，她帮忙答应完成一部分，加之后来麦琳翻译速度有所进步，总算圆满完成第一次的作业。

除了专业学习、英语翻译有困难，麦琳还面对许多其他的挑战，比如打字也是麦琳学习中的一个拦路虎，她的打字速度让人汗颜。麦琳上大学的时候电脑还是稀罕之物，毕业的时候许多同学还不大会使用电脑，因为在学校工作，麦琳总算早已学会使用电脑，可是打字的速度与那些本科刚毕业的同学相比，如同乌龟和兔子跑步速度的距离。英文翻译好了，输入电脑还比人家慢上一大截。平时要写些读书报告什么的，输入电脑有时也不得不请师妹们帮忙。

那些从心理学本科直升的同学，读硕士根本一点也不费力，可以经常出去玩。麦琳只得在家一篇篇文献反复仔细地看，以确保完全理解正确，提高英文阅读速度，还得一次次听，期望下次老师上课播放英语时能够听懂更多。

学校要求研究生必须发表过文章才能毕业。为了写出一篇可以发表的文章，麦琳查资料看文献，编制量表，收集数据，输入分析，每一步都是第一次的学习与实践，需要不断地请教同学、老师，陪伴孩子之外的所有时间几乎都投入其中，没有时间看电视、逛街，以及娱乐活动。

有一天爱人说：“别人搞个硕士文凭都很容易，你怎么搞得这么有名堂似的，整天看书、写论文。天下文章一大抄，抄抄补补成一篇文章不就得了，发表时候找找关系就搞定了。”

但麦琳就是这么迂腐，学不了那些“别人”能做的事。文凭并不是她来学习的主要目的。麦琳了解这是一个很普遍的社会现象。她没有能力没有胆量谴责他人，至少可以做到不参与其中。

麦琳宁愿卑微而清白地活着。

任何时候，只要有付出，上帝是一定会奖赏你的。麦琳迂腐的努力也起作用，她寄出去的文章一字都没改过，就马上发表了。因为这篇文章发表在A类杂志，以及后来又有类似级别的文章发表，麦琳在毕业还获得了优秀毕业生、三好研究生和一等奖学金等荣誉，其余获奖者都是本科生直升的。

虽然获奖也有幸运的因素，获奖并不代表什么，至少给麦琳的脚踏实地的努力一个肯定。

许多人听说麦琳的故事都这么回应：“麦琳，你太厉害了，好佩服你！工作后结婚生小孩了还能够这么有毅力，我是根本静不下心来学习了。”

麦琳还得感谢爱人有着一份收入不错的工作，她可以没有生活负担，有资本投入时间、精力学习。

在麦琳准备去考研究前夕，他们之间曾经有过如下的对话：

“如果你去读研究生，我们之间离婚的比率会增加30%。”思远说。

“这个你绝对放心，我从小父母离婚，受尽父母离异之苦，我不会让我的孩子受同样的苦。”

现在思远发现，麦琳学习心理学之后，爱发脾气的坏习惯改了许多。麦琳从小没有感受过家庭的温暖，她特别珍惜现在拥有的一切，感到特别幸福并愿意为此努力。

一个人受童年的制约是非常大的，我们往往会有一种弥补童年时期缺失的冲动。这个缺失会在某个时期成为主宰你人生的重要力量。

麦琳这么努力地学习，或许是童年被母亲遗弃的恐惧一直在影响她：她潜意识里一直担心再度被遗弃，她要努力成长，变得更好。她不希望在任何时候，成为其他人的负担。

疾病是礼物

有时候努力了，也并不一定就有好的结果。结果也许重要，但不是最重要的。生命如旅行，不求速达终点，贵在过程精彩。人都不是不断经历挫折，不断改变自己，这样才能进步。只要坚持努力，生命终究会向前发展的。

麦琳硕士毕业后，她曾经引以为豪的学习成绩和荣誉，在找工作时根本没太大用处。高校基本上称只要博士，如果你是硕士的，那么追查你的出身，就是本科是什么院校的，专业是什么，或者，如果有过硬的关系也行。麦琳发现自己原来的判断是个天大的错误，还以为硕士时好好努力就可以了，现在付出这么多，即便找到和原来差不多的高校教师的工作，也还要靠关系，麦琳觉得既伤自尊心又不甘心。

但是到了这一步，也只得放下面子积极主动投简历找工作。麦琳还没投简历找过工作的经验，现在弥补这种经历也好。被几家高校毫不留情地一口拒绝过后，麦琳只好到大型国企去投，也寻找可能的关系。最后，一家专科高校经朋友介绍表示愿意要麦琳，去学生处行政兼职教师，如同麦琳本科毕业时一样，从行政坐班开始。恰在此时，经导师推荐麦琳实习过的杂志社也准备要留下麦琳，还有一家大型国有企业也录用了，从最初的失望到现在有了诸多选择，总算不负这些年的努力。

麦琳好奇心强，希望人生有着不同的经历，杂志社的工作听起来，既新鲜又与专业一致，况且，社长亲自找麦琳谈过话，希望她留下，麦琳选择留在了杂志社。

杂志社的工作外人看起来风光无限，连一位本校导师来讲过课后也说："麦琳，你这个工作是本届研究生中最好的了。"

然而，麦琳工作不久却发现事实并非如此。倒不是工作有很大的挑战，而是这个单位像是一个陈旧的机器，其产品和运行效率都已经完全不适应新的社会环境和形势了，据说在此之前，有十多年没有进过新人。

对于杂志而言，文章的品质当然是最重要的，编辑的主要任务应该是编辑好文章，但是大开间的办公室往往工作效率很低，上班时间电话、闲聊声不断，很难静下心来编好文章。麦琳向社长提出，考核的标准不应当是打卡，而是以文章的数量加质量，编辑们在需要时来办公室，平时可以在家办公，既可以提高工作的效率和质量，也可以节约办公资源。麦琳向社长提出这个想法，社长觉得这个想法固然好，但不是每个人都像麦琳这么自觉，大多数人需要靠行政的力量来管理。

麦琳认为这种陈旧的观念和制度很难创办出好的刊物。过去杂志的发行是靠行政力量支撑的，所以是皇帝的女儿不愁嫁，虽然现在依靠其过去的影响力，目前生活得还不错，但无法判断还可以活多久，假如政策有变，它是完全没有适应市场的能力的。更主要的是，麦琳发现自己学不到什么，她想象着在这里的工作轻松舒服，过几年之后，就会被社会淘汰，成为下一场社会变革的牺牲者。

是麦琳思虑过多还是有远见有智慧？

一次，领导出差到外地偏远城市宣传发行，因为是麦琳介绍的关系，所以，邀请麦琳一起出差。一行人中只有她和发行处的主任是女性，自然同住一屋。

晚上工作结束回房后，主任问："麦琳，你知道吗？社里很多人议论你？"

麦琳吓了一跳，不知道自己犯了什么错："不知道，我怎么啦？"

"有人说你爱出风头，爱表现。"主任的这话让麦琳一下子楞了，这是她自己根本没有意识到的。麦琳一直在学校这个象牙塔里学习、工作，根本不了解人们何以这样理解她，这是她自己从来没有想过的事。这个城市文化不那么发达，麦琳认为她们的杂志在这里很合适，而在大城市里，这种装帧陈旧的杂志是很难激起人们购买欲望的，受过良好教育的家长也会看不上。

她觉得自己在做一件好事，却成了别人眼中的出风头。麦琳骨子里清高、书生气浓，根本不屑于解释，只是觉得和这样一群人工作太没劲，不去关注工作品质，却关注这些无聊的事。回来后不假思索就向领导提出辞职，又没说明为什么，领导以为麦琳不满意薪水，劝她留下来，说将来一定会给麦琳一个位置的。权利对于麦琳并没有太大吸引力，但是领导的爱惜让她感动，还从来没有人三番两次地挽留过她，在社长挽留她时，她还是决定留下来好好工作。

麦琳一直在学校学习、工作，对社会接触不多，做事一直过于天真，考虑不周全，不慎重，这也是思远一直指责她的地方。

麦琳在去向社长辞职之前，先告知了科室主任，主任没有挽留，只是让麦琳去对社长说一声。社长挽留她，麦琳答应了，回来没有及时告知科室主任。主任看到麦琳从社长室出来，就直接告诉麦琳她离开之前需要完成的工作。麦琳以为主任希望她离开。

不自信的人，总是担心别人不喜欢她。麦琳感觉主任这么说，可能是因为不喜欢她留下了，如果她告诉主任已经答应社长，她准备留下好好工作，主任或许会有不同的说法，可是当她认为主任不喜欢她留下的时候，就不想解释了。于是麦琳就这样离开了，也没有去和社长说明，为什么她答应他留下却又离开。社长或许又会以为麦琳当时答应他留下，只是权宜之计，总之，他也没有向她求证。对于一个领导来说，能够挽留你一个新人，已经很给面子了，麦琳居然如此对他，他或许是很失望、很生气的。

麦琳之后才察觉自己真的过于幼稚。不久之后麦琳就发现，这是个冲动的决定，因为她还不知道接下来可以做什么？再找工作吗？今年要人的单位大多收工，来年又有许多新人参与竞争。再找工作感觉高不成低不就的，她自我感觉不错，但对职场而言，麦琳并没有什么优点，除了当过教师和一段时间的编辑，并没有其他的工作经历，不是企业所需要的人才。

因为小时候被否定太多，麦琳特别希望别人的肯定，她那么努力都只是希望得到认可。而她现在的情况别人只能同情，尤其是思远，有时候还会埋怨她冲动。最让麦琳难受的是，他觉得她是性格有缺陷。她现在多么希望得到他的接纳和理解，希望他看到她的努力。不过，反过来一想，麦琳觉得思远的想法也正常，自己确实有些问题需要反省。

其实在读硕士期间，麦琳还有过一次短暂的创业经历。

那是在读硕士二年级的时候，一个偶尔的机缘看到一个早教项目：感觉统合训练，与麦琳所学的儿童心理学专业也很符合，想着既可以挣钱养活自己，又可以学有所长。思远当时收入不错，但有时候会无意识地说麦琳学历高但是要靠他养之类的话，思远或许没有恶意，但是从小对被讽刺打击敏感的麦琳，没有能力轻松自嘲地化解，她完全可以说："是啊，不然的话嫁给你干什么？"或者："你是讨老婆还是讨薪水啊！"或许思远就不会再说了，但麦琳不够自信，觉得自己没挣钱很对不起他，只有从小被当公主长大的女生才会有这样的自信：我即使不挣钱，也贡献大大的。

麦琳期望自己多挣些钱，可以让思远高兴，她就可以安心做自己喜欢的事。这是一个幼稚的孩童心态，孩童式地讨好大人的心态。这样的心态注定会遭遇挫折。

麦琳通过咨询、查资料了解了该项目确实有效果之后，一个人跑到京城谈加盟，找店，装修，招聘员工，开张，花了一个月的时间。

没想刚开业发展就很顺利。开业就有不少家长送孩子来，孩子们也很喜欢参加活动，有时候早上门还没开，门口已经有家长在等候了。不仅如此，麦琳代理的区域很多人上门要求加盟，她几乎顺利搞定每个上门的加盟商，业务越来越繁忙，麦琳才发现原来自己还颇有商业才能。

麦琳的生活也开始变得忙碌起来，周末、节假日再无也法陪伴儿子外出游玩，下班时间也无法控制，更重要的是，她的硕士论文还没有完成。麦琳觉得如果挣了钱，失去陪伴儿子成长的时间，失去了生活的品质，一切都没有意义，她又失去了继续努力的热情。

思远的态度也让麦琳有些害怕失败。如果遇上哪天生意好，带着一堆钱回家，思远就会高兴地说："老婆不错，第一次创业就能挣钱。"这时她的虚荣心可以得到小小的满足。遇到生意不好的日子，口袋瘪瘪地回家，思远就会说："我看这个事儿不好做，你也不是做这个事的料。"这些时候，麦琳则倍感有压力和焦虑。

此时公司总部因为扩张太快，无法兑现当初承诺的支持，因而麦琳也无法兑现给加盟商的承诺，各种压力接踵而至。导师知道了之后也说："挣钱有的是时间，急什么？先把论文写好。"麦琳听到这话又感到十分羞愧。

正在麦琳搞得精疲力竭的时候，救星来了。一个老板找到麦琳，说他喜欢这个项目，愿意接手，通过谈判，顺利地转让了这个项目，麦琳还挣了些钱。

麦琳想起当初虽然辛苦，但是还做得不错，而且自己似乎还有经商才能，或许可以考虑再次创业。创业可以免去被人挑选的痛苦。现在儿子已经上了小学，对妈妈的需要没有那么多，也没有了学业的羁绊。

恰好这一年毕业的表妹有同样的心态，两人一拍即合，准备合伙创业。两人考察了一段时间，决定做童装批发。开始不久麦琳就觉得这是自己脑残的行为。虽然开业两个多月后就做到200万的营业额，成了加盟商中的佼佼者。不久，遇到了与第一次创业同样的问题，加盟商问题多多，不能及时出货，不能兑现承诺。更要命的是，麦琳发现做这事极为无聊，她想象假如有一天，做成了大企业，挣了很多钱，她也不会感到快乐，也不会满足，没有成就感，这么一想，麦琳就又提不起热情了。好在表妹做得不亦乐乎，麦琳就全身而退。

麦琳再一次失业在家。这时候对于思远的批评，麦琳再也没有反驳的资格了，她确实如他所言比较冲动，至今没有做成功一件事，除了学习。

正在麦琳处于尴尬的人生境遇时，一次体检时发现肺部有阴影，需要进一步检查。去了医院，手术样本检测说是细胞变异，也就是癌症早期，需要手术切除。医生告诉麦琳，这么早检出率是千分之一，她是幸运儿。

所有的人都觉得这是一个大病，认为麦琳会很害怕。奇怪的是，她本人却一点也没有害怕的感觉。甚至有些庆幸，或许是因为这个病，她可以心安理得在家休养，令她摆脱了失业的尴尬窘境，思远也不再抱怨她了。

疾病康复后，麦琳总感觉是她幸运地捡了一条命，她的生命成了上帝再度的恩赐，她本来也可能生命就此已经终结了。如同她的一个老同事，在体检时发现了肺癌晚期，三个月后就走了，她突然觉得成功和财富对她来说都不那么重要了，现在开始最重要的是做自己喜欢的事。

手术后康复的日子，麦琳悠哉地每天在家看书，她觉得这种日子真是享受。当思远问麦琳接下来最想做什么？麦琳思考着自己享受的是阅读，那么做什么事可以实现这个愿望，又可以不用担心未来的生活？去读博士！然而，她又觉得这个想法有些不切实际，这么大年纪，本来读硕士的时候就已经比同学们大了许多，现在再去读博士，不是也太晚了吗？

然而，麦琳又想到许多不要给自己设限的故事。生命就是用来冒险的，既然什么都不在乎了，又何必在乎年龄大呢？

但其实这不是一个最好的选择，读博士学位，“你等于是在星辰已经为你打开，你最应该去拥抱新思想、新事物的时候，一头挤进一条窄缝里去。”读博士多年后，麦琳读到神话大师坎贝尔的这句话，深表赞同。

异国的生活

留学生活会极大地开阔你的视野、真实体验多元文化、锻炼独立思考的能力、培养坦然面对胜利和失败的心态，并且有助于你以更全面的眼光理解人性和社会，还会让你更加关心和热爱自己的祖国。

或许是潜意识提醒麦琳，去读博士并不是一个好的选择。麦琳在第一次博士生入学考试时，竟然在英语考试时犯了一个低级错误，部分答案忘记涂在答题纸上，而这种考试通过机器改卷，只改答题纸的，于是英语就差了几分没过国家线。费尽努力才得到机会查卷，发现了这个令人哭笑不得的结果。这个结果让麦琳左右为难，放弃吧，感觉遗憾与不甘，不放弃吧，又浪费一年时间，本来就已经年纪偏大，第二年还是去决定再考了一次，终于成了，有点范进中举的感觉。

一直没有和儿子分开过，麦琳希望把儿子带在身边。结果一家人作了个不妥当的决定，麦琳在大学旁边买套房子。因为现在住的房子靠马路边，太吵闹，麦琳早想着换房，借此机会换了再说。听说金庸在八十岁年纪还到剑桥读了博士，还因此在英国买的房子大涨，麦琳心想：说不定我也可以这样。

于是，如同当时考上硕士从家乡举家迁往省城一样，麦琳再一次举家搬到另一个城市大上海。

当人们在一个地方待久了，会与周围环境中的一切产生连结，到一个新的地方时，身体或心理都需要与周围建立新的连结，这会耗费一些能量，比较弱的老人与小孩子往往会产生一些症状。儿子在到了新学校后得了哮喘，每个周末麦琳都得从郊区学校接上他，再去往市中心医院做理疗。这让麦琳感觉十分心疼，她觉得自己太爱折腾，让孩子受累了。

在外人看来，他们一家人是朝向“更好”的地方。在这表面上满足了一家人的虚荣心，也掩盖了正在发生的不太好的事。这个不好的事是，思远在事业上的发展开始不如意。

他被贬了职位，心理上还难以适应。

“我被贬的事你不要告诉别人。”

“我不会特意告诉谁，但你自己的心态最重要，人生有起有落是正常的，或许你可以把它当作新起点的契机。”麦琳这样劝思远。

“你不要以为你很懂，总教导别人，说得容易做起来难。”思远的话从他的角度来讲也是有道理的，麦琳只好沉默了。

或许此时，家庭的境况已经不适合麦琳继续读博士，去工作更实际，然而，麦琳舍不得这个机会，况且家庭经济相比大多数人，还算不错，现在有好几套房产，出租的费用也够生活的。

麦琳再次成为学生，每天在课堂上与智者们交流，能归属神圣的学术殿堂是很幸福的一件事。但是生活中的现实，比如经常听说许多高校已经要求海归博士，土鳖们已经不再受欢迎等等，常常让麦琳怀疑，自己是否做了正确的选择，这个年纪是发展事业的最佳时期，来读全职的博士是不是一个不恰当的举措，或许到时候高不成低不就，就业上反而成了更大的难题。

但是人生有时候很难算计。俗话说：人算不如天算，到了这一步，好好学了再说，以后的事谁知道呢。

随着经济的发展以及与国外交流的增加，每年有一定比例的博士生可以申请到国外著名高校交流学习。有些同学算计出国是不是划算，犹豫着要不要申请，况且，申请还要过许多关，递交很多资料。麦琳觉得机会难得，她一直特别渴望到名校学习的经历，但是这对她来说无疑难度比其他同学更大，除了这件事本身不容易，还有心理上的障碍。雅思考场上，麦琳看到有许多高中生考生，觉得自己老大年纪参加这种考试好像做了见不得人的事。

最后终于成功申请了到哈佛访学，联系导师，考英语、写研究方案等准备种种资料，几乎花了一学期的时间，终于收到了邀请函。收到邀请函的时候，麦琳觉得如梦一样不真实。可以到心目中的名校学习，麦琳兴奋地如同当初考上大学一样。

麦琳看到哈佛寄来的邀请函中说，家属可以随行，还允许旁听，图书馆都免费开放，觉得这个机会太好了，她希望一家人在一起，思远可以趁机也充充电，回来重新开始，或许会在事业上有一个新的视野、新的起点，但这个想法被思远断然拒绝。

“这怎么行，回来工作都找不到了怎么办，再说你们过去，我还要挣钱呢！”思远有些生气地说。

“我们现在没有债务，还有这些资产，够我们在那边无忧地生活一年，如果你学习了，将来说不会可以找到很多新的工作，即使找不到工作，也可以创业啊！”

“你总是想得这么简单，创业哪有这么容易啊，如果失败了怎么办？”思远是悲观主义。

“失败是很正常的，只要继续努力，从失败中学到经验，总是会成功的啊。不是说创业，不怕亏，就怕歇吗？”

“你总是说得这么容易，你自己挣过钱吗？”

“我们买房都是我的主意，这其实就让资产增值，不也是挣钱吗？”

“没有我挣的钱，你拿什么去买？”

“那倒是的，所以说夫妻合心，其力断金，要相互配合的嘛。”

“行了，说不过你，要去你自己去，我不去。”思远的拒绝很坚定。

麦琳只好一个人带着儿子飞往大洋彼岸陌生的国度。

麦琳平生第一次到一个陌生的国度生活。刚刚到达时，在听到的声音、看到的符号都完全不同的环境中，甚至感觉连风和阳光的味道都完全不同，加上长途飞行的摇晃，麦琳产生一种很奇怪的感觉，感觉恍惚不真实，仿佛来到了另一个世界。

麦琳的导师是个很好的英伦老太太，亲自去机场接了麦琳他们，麦琳还没租好房子，导师就邀请麦琳和孩子在她家先住着，她不仅帮忙找房子，还陪同出去玩。

所有的一切都不再是曾经熟悉的样子，感觉、认知和思维都有些迟缓了，身体需要调动全部的资源来适应新的环境。

有时候很小的事，也成了很大的挑战。

刚到的第二天一早麦琳就出了丑。

那天天气很好，阳光温和地照耀着。导师海伦计划带他们出去玩。到了楼下，海伦打开第一道门，到了通往外面的第二道门时，麦琳习惯性地按下了门边的按钮，因为在她住的上海家里，房子的单元门开关就是在这个位置，但没想到在美国，这却是火警按钮。立刻警声大作，但已无法再停止了。麦琳站在一边感到尴尬极了，海伦赶紧安慰她，没事的，这种事经常发生，你去那边坐一下，我来处理。麦琳只好一边待着，一会儿，楼上的人都涌了下来，海伦连忙给人们解释不小心按错按钮，麦琳羞愧得恨不得钻进地下去了。过了一会儿，警报声终于停了，警声刚消停，两辆消防车也到了，海伦又赶紧过去解释道歉，警察说没事，不用担心，检查了下就走了。

麦琳总算松了口气。

初到国外的生活，首先困难最大的是语言。

在出国前，虽然通过雅思考试，博士生口语考试还得了九十多分，自以为英语还可以，可是到了才发现，当地人的语音、语速、语调都与国内熟悉的英文如此不同，麦琳感觉顿时像个傻子，要很费力地听，才隐约可以明白大概，有些话题则完全无法弄明白。

第一天去办公室报到时，在楼梯上一个女孩热情地问麦琳 any question?（有什么需要帮助的吗）麦琳都没能听明白，因为听起来她似乎只发一个音“你群”，麦琳只好说“I am sorry”（抱歉），然后她就用比较慢的速度说话，麦琳终于明白了，她在问需要什么帮忙。

第一天上课回家后，麦琳对海伦说很沮丧，因为发现自己听得似懂非懂。海伦安慰说，别急，慢慢来，我们不是交流得很好吗？

麦琳需要全身每根神经都竖起来听该死的波士顿英语，每天晚上躺倒床上时，头一靠着枕头就睡死过去了。在国内经常失眠的事，在这里再也没有发生，看来失眠是身体还不够累。

带着一个孩子租房子，还真不是件容易的事。

麦琳出国前就开始在网上找房子了，网上的出租房子通常都有图片也有具体地址。麦琳看到一个离哈佛广场很近的公寓，价格又很地道，就在邮件中告诉了海伦这个信息，海伦特意跑过去看了下房子，说很不错，可以租下来。

房东说自己人在非洲，房子钥匙也在身上带着，要麦琳先转定金给他，他就寄钥匙过来。海伦知道了，说：“你不要打钱，我来与他联系。”

海伦经过几轮考察之后，也认为是真实的，就汇了400美元给房东。但是麦琳都到波士顿好几天了，也还没有收到他寄回的钥匙，只得一直住在海伦家里等钥匙，早过了钥匙该寄到的时间，邮件问原因，对方回复说早寄出去了，几天就到。过了几天没到再问，这回说：钥匙因为邮寄被弄坏了，寄回去了，要麦琳补上一点修理钥匙的费用再寄出。这时海伦、麦琳才意识到这原来是骗子。这时麦琳才在网上看到，已经有许多人遇到过类似的情况，只是自己之前没有查看相关消息。

麦琳只好另外找房子。海伦汇过去的400美元也就这样被骗了。海伦不肯收下麦琳还的400美元，她说是她经手的，但却不说是为麦琳做的。导师拥有让人敬重的人格。

海伦继续帮忙麦琳找房子。她们去看的第一套房子，位于波士顿郊区很漂亮的一个社区，到哈佛有直达公车。房东是一个帅哥，还养了一只可爱的猫，儿子昊昊是个爱猫的孩子，立刻喜欢上了这里，麦琳也喜欢这房子。可是麦琳完全无法想象如何和一个陌生男人同住在一个屋里，只好对海伦说，在东方的文化中，陌生的男人和女人是不可以同住一屋的。海伦说：“噢，那好吧。其实他人挺好的，他倒是很喜欢你们住这里。”原来这对美国人而言是正常的现象。

海伦只好开着车陪麦琳继续找。看了几处房子要么太远要么太贵，要么感觉很不舒服，还有些人家不愿意租给带孩子的人，因为政府对租给孩子的房子有更高的安全检测要求，达不到要被高额罚款。

打扰了导师这么久，住在她家感觉越来越不安了，吃了这么多天的西餐，昊昊有些受不了了，麦琳急于找到新住处。

到了正式报到那天，在留学生中心遇到另一位中国留学生。麦琳聊到房子问题。

“我昨天刚听说一个朋友的合租者搬走了，我帮你问问。”

“太好了，赶紧帮我问问。”这对麦琳来说是太好的消息了。

这位刚碰面的朋友立即打电话，一会儿就得到消息：“我朋友说房子还在，就是有点远，需要坐地铁和公交到达，但房子很漂亮，周围环境也很好。”

麦琳立刻回家告诉海伦这个消息，马上就出发去看房子了，麦琳恨不得直接带了行李去。海伦坚持先看了，满意再回家拿行李。

车子驶出剑桥到了郊区，一路上只看到树木，偶尔会看到远处树林中隐现几幢木屋，在穿过长长的一段两旁树木成荫的小道之后，路边出现几幢隔得有些距离的木屋，大都两层，偶尔有一层的，这种通常占更大的面积，最后在其中的一幢漆成白色的一层木房子前的院子里停下，院子里有一个篮球架，足足有国内的一个停车场那边大，院子周围有三幢房子，空的地方是树林，麦琳从来不曾在国内见过这么漂亮的房子，一下子喜欢上了。

房东是一个从广州移民来的中国人，在美国住了二十多年了，她热情地带她们参观房子，原来这幢从外面看来只有一层的房子，其实后面来看是两层，第一层是半地面半地下，客厅厨房完全是在地面，因为地势的变化，有一边象是半个地下室。第一层有两个卧室，一间租给一个同样来自国内某大学的访问学者，也带着一个七岁大的儿子，现在空出来的是比较好的房间，也会贵一些，麦琳立即喜欢上了这个窗外是一片草地、远处绿树葱葱的房间，况且，儿子有一个玩伴那该多好。独自在异国他乡的，有国内的同伴可以相互帮助，麦琳几乎立即确定了要住下来。将要同住一屋的学者琼显得很不热情，一言不发，麦琳虽然也有些纳闷，一般在这里见到的中国人都像见到老朋友似的，非常热情，琼有些不同，麦琳以为是她内向，等到熟悉了就好了，麦琳没有犹豫就确定了要住下来。

海伦问了麦琳："你确定和她一起住没问题吗？"

麦琳说："她应该就只是比较内向吧，等熟悉了自然就好。"此时麦琳太希望有自己的住处了，无暇想太多。

下午就直接搬了进去。第二天，麦琳就发现，琼确实是一个很特别的人。

麦琳如果不主动搭讪，她绝不开口说话。

迁居第一天，忙于购买日用品及安置，完全没有想到为第二天准备。第二天儿子还没有办理好入学手续，只好让他一个人在家。麦琳准备自己去学校上课，出了门，才发现门外有许多条小路和树林，来的时候是坐着海伦的车来的，现在完全不知东南西北，也不知道往哪找车站。找了半天找不到公交站，路上根本找不到一个可以问路的人。如同在荒原上探险，在一条条小路上找，终于找到马路与车站，可是站牌也难找，好不容易在路边看到一棵树旁边有一小牌子，上面写着一个数字号码，麦琳猜想应该是公交车号，麦琳等了 40 多分钟，一个人都没有出现过，一辆公交车也没等到，麦琳怀疑是不是这个站已经弃用了，或者，这根本不是车站，此时再去学校上课也已经来不及了，麦琳只好返回家中。

这异国他乡的，环境差别也太大了，麦琳完全没想到，只好等晚上好好地问房东和同住的琼。

晚上琼回来后，麦琳问她："琼，我今天在公交站台等了很久，四十多分钟，一辆车也没有来，我是不是站错地方了？"

"这里的公交车白天一小时一班，你要看时间点再出门的。"琼轻描淡写地说。原来如此，麦琳根本不了解这一点，可是，昨天麦琳问她公交车站地点的时候，她根本没提及此事，麦琳心想：为什么昨天不告诉我一声呢，如果是对方问我，人家初来乍到的，我一定会啰唆一堆，告诉对方需要注意的，但反过来一想，琼可能也没有想到麦琳会不知道，所以，还是怪自己考虑不周到。

“那具体的时间点是什么，你能告诉我吗？”麦琳趁现在赶紧问清楚。

“这张表先给你吧，公交车站和车上都会有的，你可以自己拿一张来，这里的人都按照时间表坐车的，如果改时间了，车上也会换新的表。”琼给了麦琳一张公车时间表。

“好，谢谢！”

明天终于可以正常去上课了。

安顿好住处之后，最急需做的事是办理儿子的入学，只有他可以上学了，麦琳才可能安心去上课。

俗话说在家千日好，出门一日难。况且一个人在陌生的国度，有诸多不便。哪怕只是一点点小事，有时都会让人心力交瘁。

这里的孩子入学手续其实不复杂，只要有住处的证明（租房协议）和体检单即可。麦琳拿着儿子在国内就办好的体检单与租房协议到了学校，学校给麦琳一个地址，要求麦琳带孩子到这个体检中心做个补充检查，拿到体检单后即可上学。

麦琳出了校门直接带着儿子坐车去体检中心，简单的检查之后又给麦琳另一个地址，要到那里再补充两种预防针。

麦琳一听又要去其他的地方就头大，因为在郊区坐公车实在是很不方便，白天都是一小时一班车，等待的时间会很长，也只能去。这件事还算顺利，母子俩晃荡了一下午，总算把事办好了。

第二天一大早，为了能让儿子昊昊尽快可以上学，麦琳很早起床去拿体检单，而且需要带上儿子，让医生看下疫苗注射的反应。因为担心错过公交车的时间点，麦琳的防御警报拉得过强，天还没亮就醒了，也不敢再睡。好在事情还算顺利，儿子当天就顺利上学了。

麦琳终于松了口气。

还有最后一件需要完成，就是要去给儿子办理校车卡，这样每天他可以自己坐校车上学，不用麦琳接送，否则，麦琳就无法参加下午的课。

办理校车卡这件事的体验，使麦琳下定了决心要去买辆车。

那天上午的课结束后，有一个下午的时间来办理这件事。经过这些天，麦琳了解到这里政府部门办事效率都比较高，去了基本不会找不到人或者其他原因被拖延，只要所需要的资料齐全，办理起来都很快的，所以中午在家休息了会再出发。

按照所给的地址，坐车没几站就到了。麦琳的目的地是枫树街146号，下车的地方是枫树街1号，按照在国内的思维，麦琳想走走应该不会很远，自己没车也只能走，这里郊区路上是打不到出租车的。走了一会儿，麦琳才发现情况没想象的乐观。这里情况和她熟悉的情况不同，每家都是有一大片绿地的独幢房子，有时候每走过一个号就要好远，她快速走了十几分钟才四十多号，看了看马路对面的房子，编号又变为1号了，麦琳开始担心是不是走错了，因为这路上除了开始的地方，现在再也找不到任何标志表明这仍是枫树街，且不知这剩下的一百号到底会有多远，这路上除了车难以看到人影。麦琳疑惑中继续走，终于看到一个在草坪上割草的工人，麦琳赶紧过去问，确认了是枫树街，就放心继续前行。走了四十多分钟后终于看到了public school administration center，类似国内的教育局，办理过程是很顺利的，不得不承认，美国人民的服务态度是相当好的。

出来时已经快三点了，三点半昊昊就要放学了，如果和来的时候一样走回去再坐公车，已经来不及接儿子了，这是儿子第一天在这里上学，语言还不通，如果麦琳迟到，他表达不清楚，又不知道怎么办，肯定会感到害怕。麦琳一想到这一点就紧张，再贵也要豁出去了，试图叫一辆出租车，想在马路上等到出租车是不可能的，麦琳打了房东电话，房东说不知道有叫出租车的电话，于是麦琳又麻烦那个在等车时认识的一个美国人，没想到是他的妻子接的电话，麦琳赶紧说明了自己的处境，以及需要的帮肋，她说自己也不知道电话，不过，她热心地帮麦琳查到了一个号码，麦琳拔了过去，却是一个无效电话，反正总是没人接。没有办法，麦琳只好急急地赶紧往公交车站走。

麦琳以跑的速度赶到车站，已经过了三点了，麦琳看了下最近的一班公交车恰好能够来得及接上儿子，麦琳总算松了口气。等到时间表上的时间到了，车子没有来，有时候晚几分钟也正常，麦琳耐心继续等着，且给老师打了电话，说要晚点到，老师十分热情的说：no problem，you are welcome。（没关系）

后来麦琳熟悉了这里后，发现其实此处离学校和住处都不远，可麦琳刚到时完全搞不清东南西北，路上基本上都只见树木，少见房子和人，麦琳也不敢走，怕走错方向，只好老实等着。

到了三点四十分，学校放学时间已到，也始终没有车来，麦琳急得不得了，焦虑指数开始不断增加，但却无可奈何，路上连人影也找不到，想找个人问都没有，马路上倒是偶尔不断有小车经过，可那个时候麦琳过于紧张、焦虑，根本没想到拦车问或寻求帮助，可能一瞬间有过这个冲动，但是，对这个陌生的国度，对陌生人的恐惧阻碍了麦琳的这个行动。

不知道为何，那天下午三点四十分的那班车根本就没有来，到了下一个班次才准时到来。麦琳一生中还从来没有体验过那一个小时所经历到的那种煎熬。

四点之前必须要接到儿子的啊！

这个下午，在这个车来车往却行人稀少的异国马路边，麦琳在焦虑不安中等了将近二小时，担心没法按时接到儿子，儿子要被警察带走，麦琳要去带回儿子得费更大的劲了。麦琳更担心儿子第一天在一个陌生的环境上学，妈妈却没能接到他，他会不会有恐惧和担心？

糟糕的是，在这里，麦琳可寻求帮助的资源极其有限。麦琳唯一认识的导师是位年近七十的老太太，不是本地人，自己也没有车（接麦琳时租的车），麦琳无法请她帮忙，麦琳的房东，在上班，也不可能请她帮忙，唯一的途径是求助于室友琼，这之前，琼平时冰冷的态度使得麦琳害怕对她提任何要求，这时也顾不上了，只有她是麦琳可以求助的人了。

麦琳鼓起勇气打电话给琼，连续两次没接。麦琳不断地打。她可能从电话声中闻到了麦琳的着急，终于接听了电话，麦琳告诉她自己的情况，希望她务必帮忙，先去学校接下昊昊，琼说自己在等坐校车回来的儿子，麦琳请求她等到儿子后一定要帮忙去下学校，她答应了。

麦琳紧绷了一下午的弦终于放松了，也顾不上儿子第一天没能亲自接他的遗憾了。

因为这件事琼帮了麦琳大忙，所以后来，她们共用的客厅、厨房和卫生间的清洁工作琼从来都不做，都是麦琳做的，麦琳想到这件事也就都不计较了。

一个人在得不到一点社会支持的时候，小小的事情都可能成为有巨大的压力事件。这或许也是大多数移民以及到离家到外地工作的人都共有的压力。

接送儿子上学放学这件小事，对于当时的麦琳而言，也成了巨大的压力来源。

办好了校车卡后还需要等上二三天才拿到，这几天还需要自己接送。没想到，第二天，又经历了一次惊险。

昊昊上学第二天下午，麦琳没有课，终于可以悠闲、从容地去接孩子了。上午课程结束后，麦琳直接到了车站，离下一班车还有近 50 分钟，她想起一位邻居曾告诉过她的，还有另一班车也是从哈佛到达居住社区附近，只不过需要多走 7、8 分钟罢了，用 7、8 分钟换 50 分钟是很划算的，且麦琳也希望熟悉探索下周围的环境，以便于以后出行。

麦琳上了车，才想起来不知道下车地点的站名，这是从来没有遇到过的问题，起初麦琳也不太担心，已经坐了几次车，应该能够辨别出来。麦琳也尝试了询问司机、乘客，麦琳的英文水平也不够好，描述得也很模糊抽象，结果没人知道麦琳该从哪里下车，麦琳只好凭感觉下了，下了车之后，发现根本不知在哪里，麦琳只好再打电话再次向那位倒霉的邻居求助，这回倒是他自己接了电话，麦琳在电话中按照他的指示的方向前进，可是却走上了公路。

这里的公路类似国内的绕城高速，没有红绿灯，他告诉麦琳说很近了，麦琳一边疑惑着公路上是不是不能走路，一边想着也许前面不远就是出口，况且，走了这么远，也不甘心回头，于是继续前进，走着走着，没有看到出口处的迹象，越来越觉得不对劲，正想着怎么办时，一辆警车出现了，麦琳猜想是来接她的，果然，警察问了情况，说不能在公路上走，便让麦琳上车，麦琳心想这下有救了，可以向他请求帮她送到儿子学校，这时，警察的手机却响起来了，一直通话到出口处也没有停下，下了公路停了车示意麦琳下去，在国内对警察无意识的恐惧阻止了麦琳继续向他求助。

麦琳现在站在不知道是哪里的马路边，不会有出租车，也没有公交车。

现在麦琳只好再次打电话问邻居，邻居说麦琳现在离家很远了，麦琳这下子彻底晕了。又赶不上接儿子，本想早点回来，没想到弄巧成拙。

麦琳陷入了困境。

没有别的办法了，唯一的办法就是在路边拦车。

做了决定后，看到一辆车子过来，麦琳就举了手，车子停了，是一位黑人司机，麦琳告诉了司机她的处境，并希望他带她到儿子学校，没想到司机马上热情答应了。麦琳说感到非常抱歉，给添麻烦了。他说没关系，谁都有需要帮忙的时候。他告诉麦琳他是医生，麦琳悬着的心终于放下了。

原来拦车也没有想象的可怕。

司机也不知道路，一边开车一边问路，麦琳又开始着急了，放学时间快到了。终于在快到学校的时候，老师打了电话过来，麦琳说5分钟就到。刚到校门口，就看到一位老师领着儿子在校门口转悠，司机说那是你儿子吧，麦琳说是的。

麦琳赶紧下车，直说谢谢！麦琳给司机留了电子邮箱及国内的手机，麦琳告诉他如果他有机会来中国，一定要联系她，她一定会陪他游上海。他笑着说可以计划，他说还没听过上海，这让麦琳有些吃惊，他说自己是一个医生。原来美国人对中国的了解远没有中国人对美国了解多。

麦琳觉得小孩有同伴非常重要，这是她喜欢这里的原因，因为琼也有一个孩子，但住了一段时间发现事情完全不是麦琳想象的样子。琼好像根本不愿意让孩子与别人玩，要么管着他看电视，要么看书。

有一回下课晚了，路上堵车，等麦琳回家做饭太晚，麦琳打电话让儿子先做饭，在电话中告诉他怎么做，此时麦琳才惊觉自己把儿子照顾得太好，这家伙连饭都没有做过。这家伙第一次洗米，不小心倒出了一些米到水槽里，被琼看到了说：这么笨，连洗米都不会。

昊昊从小没被人骂过，况且这是他第一次做事，等麦琳回到家，他一看见麦琳就委屈地哭了。此后昊昊也对琼没了好感。

有一次麦琳从学校回来晚了，一到家吓了一跳，儿子昊昊一个人在家！

“浩浩怎么还没有回来？”

“浩浩和他妈妈去社区图书馆了。”儿子的回答让麦琳有些难过，如果被警察发现12岁以下的孩子一个人在家，警察会带走他的，认为你没有能力照顾好孩子。如果是麦琳，一定不会把一个孩子留在家里，要么带上他，要么也先留在家里一起。况且，这个时候昊昊还不熟悉周围的环境，语言也还没有过关。

这种情况让麦琳感觉相当郁闷。在异国他乡的两个母亲和孩子，本来需要相互照顾，可以发展出一段特别亲密的友谊。

当初因为太急于找到住处，及对周围环境的喜爱以及学校优质教育的考虑而住到了郊区，现在算是尝到了各种烦恼。

可以做些什么改善下生活的处境，或许买车可以带来些不同的感受，可以出行更方便，可以在周末带儿子出去玩玩，或许还可以与琼和她的孩子一起出去玩，因而有更好的沟通了呢，这么一想，麦琳觉得这是一个可以最快改善当下感受的一件事了。

但是，买车这件事本身，也是一件不容易的事。

麦琳不可能各大车店去看看车再选车，除了根本不知道去哪里找车店，时间也没有。网络是最便捷和可行的。麦琳在网络上看到很多二手车的信息，麦琳看中了一辆道奇车，开了11万英里，只要三千美元，约好了时间对方开过来让麦琳试驾，麦琳开了下感觉操控性还不错，当下确定交易日期。

晚饭后麦琳兴奋地告诉房东Mimi，也想了解下她的看法。谁知道Mimi立刻激动地叫起来：“唉呀麦琳，这车你可不能买？”

“为什么？”

“你不知道，这车这么旧，很容易坏的，万一在路上抛锚了，你要请拖车、修理，你知道，在美国，人工是很贵的，而且还耽误事。”

“原来如此，这一点我倒是没有想到。”Mimi 的这一句话就足以打消麦琳买这辆车的想法。

没有车，每一天都浪费很多时间在路上，担心上课迟到，这时候感觉这时有了一辆车简直就是上天堂了，麦琳就恨不得立即去开一辆来。麦琳只有周二下午的讨论课可以翘课，麦琳只好打定主意一个人去实体车店看看。

周二那天，看了下当天的报纸，找到一个可以坐地铁到的车店信息，麦琳就一个人直接坐上地铁出发了。

坐了将近一小时的地铁才到。按照报纸上的广告打了电话去，服务倒还也不错，直接有工作人员到地铁站接麦琳。坐上他们的车，还开了将近二十分钟才到达店里。

来之前，没有作过二手车价格的调查，麦琳也完全不了解美国买车的行情，问了几辆看起来还不错的车的价格，相对于国内，她觉得都不贵，麦琳也不知道该还多少价，随便说了下要便宜点，对方说可以少一点，然后说了一堆这车如何的好，让你觉得这简直就是世界上最划算的交易，且不说麦琳当时英文水平还无法很畅快淋漓地表达，加之麦琳原来就不擅长还价，平时买到可以还价的东西总是比别人贵，麦琳几分钟内就决定了要一辆黄色的二手甲壳虫车，已经走了 7 万英里，一万美元，麦琳自以为很便宜，付了钱很快办完了各种手续，准备开回家。

坐上了车才想起，麦琳根本不知东南西北，无法开回家。便赶紧央求销售人员陪她去买一个导航，没有导航，麦琳寸步难行。

麦琳第一次在陌生的异国开车，完全不熟悉路况，甚至还没有完全了解所有路标的情况下，开车的感觉如同在外星球冒险，心里战战兢兢的，麦琳此时还没有考取美国驾照，只是听说中国驾照可以用三个月，她需要在三个月内拿到驾照，但是有了车，去考证也容易，美国考驾照有一个奇葩的规则，你要自己准备好考试用车，且副驾座上要有一个拥有美国驾照一年以上的人陪着，麦琳在后来考驾照倒是顺利。不过此时，麦琳的无知使得她在导航的指引下，能够顺利回到家，路上开了整整一个多小时。后来一次听一个学妹说，在中国很少见到的停止这个交通信号，在美国是非常重要的一个信号，你任何时候看到这个信号，一定要车子停稳三秒以上，才可以启动，否则，将被罚款 500 美金。而麦琳刚开始不了解，每当看到这个 stop，但是前方并没有人的时候，基本上没有停就走了，幸运的是，麦琳一次也没有被警察逮到。

有了车，生活总算安稳了些，昊昊也坐上了校车。母子俩休息日还可以到附近的景区走走、可以去图书馆，生活总算安定了下来，也丰富了许多。不然，周日大部分公交车是不开的，只能躲在家里。

走在哈佛的校园里，麦琳就想着，如果有来生，要投生到一个正常的家庭，从小开始努力，大学就可以来这类学校读书，那该会是多么好的人生经历。现在虽然也有机会来这里学习了，但毕竟在这把年纪，以访学的身份，无法完全浸润到校园文化中，得照顾孩子、精力不济、语言能力受限……

在选课程时，首先拿到有一本书厚的课程介绍，一学期开的课有几十门。每门课程的名称和导师都吸引麦琳，麦琳恨不得都可以选，好多老师的名字都是在教科书上见过的，如雷贯耳的一流学者，可是一个人一个学期不能选择超过四门课。

自上博士之后，每次在校园里，麦琳总也甩不掉因年龄大而产生的自卑感。在课堂上不是最老的也是次老的，经常被误会为老师。然而到了哈佛的课堂上，麦琳发现完全没有必要因为年龄而自卑。多元化在哈佛的课堂上就得到充分体现，在大课上，学生的年龄从二十多岁到六十多岁都有，有头发花白的爷爷、奶奶，也有一直在校学习的二十出头的年轻学生。一个白头发爷爷级的同学自我介绍时，说自己的儿子上大学了，所以也再来充电升级，他已经五十六岁了，还在读博士，一个白头发的奶奶其实早已是一个大学教授，说自己的知识落伍了，来更新，继续读博士，不仅年龄多元，人种也是，有黑、白、黄、棕色各种肤色的学生。

麦琳很喜欢这里的课堂。课堂的氛围是放松、平等和尊重。

第一天上文化心理学课的时候，麦琳的手机在课堂上响了起来，因为平时极少有人打她手机，竟然忘了关机或静音，麦琳感到非常尴尬和不安。回到家后，打开电脑，就看到Holly教授和助教Sioux分别给麦琳写了邮件，询问麦琳是不是喜欢这门课，课堂感觉如何？这不是第一次课，前几天都没有这样的问候，显然，她们感受到了麦琳在课堂上的不安，所以问候她，一个教授对于一名普通的访问学生如此重视和尊重，麦琳感到非常感动。麦琳立即回复，表达了下午发生事件的抱歉，以及自己英文表达能力有限，有时候课堂上无法积极地参与讨论，但她会尽力参与。

第二次上课前，助教Sioux把麦琳叫到一边，告诉麦琳如果有时候听不懂不需要紧张，只管放松，现在不能参与讨论也没有问题，不要为此不安，要让自己舒服，还特意让麦琳坐在她旁边，告诉麦琳有听不懂或听不清楚可以随时问她，这里热心的人很多，但像Sioux这样关怀备至的麦琳也是第一次遇到。

有一天，当麦琳打开文化心理学课程的网页时，竟然打不开，说麦琳没有权限，麦琳马上猜测是否因为水平差，被老师踢出去了？自我价值感低的人总是会担心自己不够好，但麦琳感觉两位老师应该不会这么做，麦琳立即写了封邮件给助教Sioux，问她为什么打不开网站，她马上回复说可能是网页现在有问题，她也打不开，她还把问题转给管理中心，反映了情况，要求他们加上麦琳的邮箱，管理中心也和麦琳联系了，几分钟后就恢复，还一再为网页出了问题而道歉。

麦琳的自卑、不安渐渐地被自在所代替。她对自己偶尔的犯错也变得更接纳了，这样一来，人放松了许多，不再感到那么累。

一天的讨论课上，麦琳举了手发言。下课后，Holly教授看到麦琳就说："谢谢你今天的发言，我很高兴。"让麦琳有些受宠若惊。

课堂给麦琳最深的印象是轻松、自在和幽默，老师与学生很平等。上小班课时，有时候老师就坐在讲台上晃着脚或翘着二郎腿讲课，学生会随意地打断老师或者辩驳，完全看不到学生拘谨的样子，让从小一直在老师面前毕恭毕敬的麦琳羡慕不已。

尽管这是哈佛大学的研究生课堂，有时麦琳会发现有些学生的提问也是很幼稚的，也不是都很有深度或见解，但好像他们没有在意提问的深度，提问和回答都一样很受鼓励。而麦琳有时候感觉自己有很好的答案，却总担心不够好而不敢回答，等到其他人说出一样的想法而深得老师赞赏时，才知道其实她也可以有很好的想法，而对自己的怀疑和对结果的担心错失了表达的机会。

麦琳想：我们的创造力是不是就是这样被扼杀的呢？我们总希望提出惊人之说，因而把很多有创意的想法扼杀在了摇篮里。

上课不久麦琳就明白为什么学校规定每个学生每学期只能选四门课。

这里每一堂课的课前要求阅读的信息量很大，差不多就是国内一门课程一学期的阅读量，每一堂课之后都是有讨论的，有些课程是一次讲课一次讨论课，有些则是前半部分上课，后半部分讨论，只有完成要求的阅读文献之后，你才能够参与发言和讨论，否则，你根本无法参与。这个要求对麦琳而言实在是难以应对。

授课方式也是麦琳所未经历过的。教授们通常会有好几个助教，会在分组讨论课上负责不同的小组讨论，还经常会邀请其他同行来客串、分享他们擅长领域的知识，麦琳就在神经心理学课堂上见到了享誉世界的，提出多元智力理论的加纳德教授。这里的课堂总是这么丰富有吸引力，麦琳从来没有厌倦过课堂，从前在课程上最后 5 分钟的痛苦从来没有出现过。

另一个让麦琳特别喜欢的是图书馆。除了学校的图书馆，社区的图书馆也是环境好，服务好，藏书多，借阅方便，每个人可以无限制地借阅，并且连麦琳这样的外来者也不需要押金。几乎周末家长都会带孩子在图书馆呆上半天一天的。

哈佛的图书馆有一百多个分馆。据说哈佛大学的中文图书馆藏书量超过北大的图书馆，这是一个中文专业的访问学者告诉麦琳的，麦琳不明白为什么学中文的还要跑到美国访学，她告诉了麦琳这是理由之一。对于这一点，麦琳至今相当怀疑。

图书馆入口处醒目的提示牌上显示："请尊重他人，关闭手机、呼机的闹铃。"走进图书馆中厅，颇有一种清静、舒适的感觉，桌椅和灯光的设计都让人感觉很舒适，麦琳遇到的工作人员都热情和蔼、认真细致地为你解答问题。

能在一个有这样的图书馆学习无疑是一种幸福。如果我们都在这样的环境中学习，麦琳觉得很难有谁不喜欢学习。

昊昊的学习刚开始也是困难重重。

在国内上学时，昊昊的英语成绩算是好的，到了这里那点英文根本不管用，基本上不会听，不会说，也不会读。所以，他的作业是题目也看不懂。麦琳得陪他逐字读完，才能完成。通常是了解了意思后，他就很容易完成了。

有一次昊昊对麦琳说："妈妈，今天在学校做数学题，我死了一万个脑细胞理解题目的意思，但只死了半个脑细胞就做出来了。"

为了让昊昊快点适应新的语言环境，在国内时不允许看的电视，麦琳现在用各种方法逼诱他看，有一天他被麦琳逼得哭了说："我在学校一整天听英语、说英语已经很累了，不想听了。"

虽然住的地方风景优美，出门看到的都是树林。周围同龄的小朋友不多，且还没办法沟通。放学回来只有麦琳陪伴他，连同偶尔打球，也得拉上麦琳，麦琳要陪着学习、陪着玩，感觉时间很不够用，玩的时候就会找各种借口结束，比如要做饭，要学习，想必昊昊也是孤单又无聊。

孩子的大脑可塑性强，到了半年左右，昊昊就能够用流利的英文与小朋友们交流了，他开始会加入邻居小朋友们的活动。还开始嘲笑麦琳的发音不标准。麦琳查阅了关于语言学习的研究，7 岁之前的儿童可以自然而然地学会第二、第三语言，这个时候的大脑结构是适合于学习任何语言的，尤其是语音方面。美国针对移民英文口语能力的调查发现，母语非英语的移民的口语发音能力取决于他们到达美国的年龄而不是在美国的停留时间。这段生活给他带来的主要好处可能就是大大地提高了他的英文水平。

因为与同住的琼相处并不愉快，两个小朋友也不能一起玩，本来在异国他乡的生活就不容易，麦琳不希望儿子一直有着不好的记忆，她有了搬家念头。

“昊昊，我们搬家好不好？”麦琳与儿子商量，麦琳知道他也一样不喜欢住在这里，以为他必定会同意。

“不要，我不想搬。”

“为什么？你不是不喜欢浩浩的妈妈吗？”

“不喜欢是不喜欢，可是我还是不想搬家。”

麦琳感到有些纳闷，以为儿子怕搬到条件不好的地方，承诺一定要找到更好的房子才搬，他还是不同意。

“如果你不能说出恰当的理由，不一定得听你的。”

“我不想换学校。”儿子终于说明原因。这个理由倒是比较正当。美国的学校是根据居住地划分的。

“到了新学校，很快会认识新同学的啊。”麦琳还是试图劝他。

“不行，我好不容易和同学们刚刚熟悉起来，不想又换地方。”儿子说得麦琳感觉有些心酸，麦琳感受到他的不容易。可是麦琳想到一直住在这里的难受劲，又希望儿子能够克服一下。

“除非你喜欢上某个女同学，不然的话我们还是要搬家。”麦琳不知道为什么这样说了。

“是的，我就是喜欢上我们班的一个女同学。”昊昊说得很认真。

“真的，是谁？”

“是杰米拉，很漂亮的蓝眼睛的那个。”

虽然儿子这个时候的感情并不是真正的爱情，但这是孩子们正常情感的萌芽期，也不可以轻视，得被尊重。

“妈妈明白了，我答应你，一定不转校，这样可以吗？”

“这还差不多。”儿于放心了，麦琳却更加沉重了，要知道，在这个房子极为稀少的郊区，要租到同一学校的房子谈何容易，还好现在有了自己的车，找房子相对容易一些。

好不容易安定下来，又得找房子，这是件费时也费神的事。又得上网查房源，联系看房，仅有一点休息时间也都被用上了。

一般人都不喜欢租给有孩子的人，另外麦琳想与女性同住的要求也比较难以实现，大多数美国女性喜欢与异性同住，自己单租房子价格实在太高，承受不起。每次网上找到中意的房子后，约上见面，要么麦琳不满意，要么人家不乐意，比相亲还困难，几次下来，麦琳差不多绝望了。

但麦琳总是希望奇迹出现。有一天果然看到一个很漂亮的房子图片，价格还不贵，又恰恰是一个单身美国女人住，正全部符合麦琳的要求。于是麦琳赶紧发了邮件，很快得到回复并约了见面。

那天是刚过万圣节不久的周末，波士顿郊区已经相当冷了，麦琳虽然已经穿了羽绒服，进门和他们握手时手也还是冰凉的。庆幸的是，这次“相亲”非常顺利，终于彼此都满意，重要的是儿子在这里成了被欢迎、被喜欢对象，朱莉也很喜欢有小孩同住。

麦琳过去见面的时候屋里有一群人，是将来的同住者朱莉的姐姐一家人，原来这房子是朱莉姐姐的，她们一家要去瑞士工作，让妹妹朱莉这里顺便照顾房子，一个人住这么大的房子未免孤单，有人陪伴更好。所以，他们并不在意房租，更在意陪伴对象的素质。这样，麦琳的儿子倒成了优势了，朱莉喜欢孩子，昊昊又喜欢朱莉养的猫，房子相当宽敞，有足够的房间，麦琳可以有自己的卧室、书房，昊昊也有自己的卧室，相比较之前她们娘俩挤一张床，与其他人共用卫生间，这里条件好了很多。房子前后还有大片的树木和草地，很美。

等到朱莉的姐姐一去欧洲，还没到合同上约定的时间，麦琳就提前搬了进去。

因为之前的经历，因为好不容易租到这么漂亮的房子，麦琳期望能够与朱莉好好相处了。所以，一开始就表现得过于讨好。心理学家告诫人们，在任何关系中，不要一开始表现得太贤惠，否则，麻烦在后头。麦琳也体验到了。

总想要表现得过好，其坏处是不具有可持续性。

麦琳的第一个错误的做法是，本来朱莉的姐姐给房子叫了钟点工，每周末过来打扫一次，麦琳心想这么便宜租了房子，还要她叫人打扫感到不安，于是麦琳自告奋勇地搞卫生，还让她不要钟点工。可是做了几次之后，麦琳就后悔自讨苦吃。这个房子是连地下车库有三层，面积超大，即使只是吸尘也够费时间的了。

可能麦琳开始的时候表现得过于谦卑，或许是因为本来文化的差异，朱莉对麦琳的要求很多。

“麦琳，这个碗要这么放的。或这个杯子要放这里。”等等许多细小的事情，麦琳感觉有些压抑。

这所房子有诸多优点，但麦琳一开始忽略了一个重大的缺陷，那就是不在原来的校区。虽然经过申请，教育部门同意昊昊不用转学，但校车没有经过这里，麦琳又必须每天自己接送昊昊。每天必须在放学的那个时间点到学校，这又让麦琳增加了负担。

一次学校搞活动，下午提前放学而不是平常的时间。麦琳完全忘记这事了，老师拨打麦琳电话，因为静音没听到，昊昊差点要被警察带走。这事搞得麦琳有一段时间经常会突然神经过敏，以为自己又忘记接儿子了。

不吵不相安

一个人不可能一生都一帆风顺得不会与别人有纠葛、有矛盾，也不可能一辈子温文尔雅不与人发生争执。吵架能把问题提前暴露出来，从而将矛盾解决在还可以调和的萌芽状态。吵架也是锻炼自己表达能力的一种好方法。吵架的过程是据理力争的过程，是需要调动很多知识储备的，还可能由此碰撞出来智慧的火花，同时也是真情的大流露，增进彼此间相互了解的一个很好的途径。不“吵”不成交。一吵，可能吵成了知己，争成了莫逆，相见恨晚，这样结出来的友谊之果反倒更值得珍惜。

麦琳和朱莉虽然没有闹不愉快，但是朱莉的要求比较多，麦琳尽量顺从，两人之间非常客气，这样的关系让人感觉有些压抑，总有一种寄人篱下之感，没有在自已家里的放松和自在感。直到有一天，两人终于大吵了一架，她们关系变得更亲近起来，此后，他们三个人在一起度过许多亲密、快乐的时光。

那个冬天波士顿的雪特别多。这倒恰恰满足了麦琳对雪的爱好。可是，任何事情过了度就容易引起麻烦。

因为积雪在马路边堆积太多，严重影响行车、停车。一天，麦琳的车停在路边后去上课了，课后回来发现后视镜被不幸撞飞了，轮胎也没了气，路上又有厚厚的积雪，波士顿的冬天白天特别短，下课的时候早已一片漆黑，麦琳艰难地在雪地里开着这辆残疾了的汽车。撞车的人没有留下任何信息，麦琳的保险没有覆盖全部，只能自己买单，想到这个麦琳的心情也抑郁起来。祸不单行，车子停下来要打气时，麦琳在雪地上还摔了一跤，手上好几处摔破了，既没人可以求助，也没人可以诉说，麦琳心里感觉又委屈又懊恼。

接下来的几天修理车子过程更令人抓狂。首先是打电话预订后视镜，价格贵得让麦琳心疼。好不容易等到后视镜到了，还要再预约工厂安装，这个时候真是想念国内的服务，一条龙，轻松方便。麦琳只好预约了一家离家比较近也比较便宜的私人修理厂，去了后人家却说这个只是部分零件，他无法安装，他只能装那种整体的，麦琳记得那天订的时候对方分明说只能预订整体，怎么是部分的呢，麦琳也不搞懂了，只好去 4S 店，这么折腾下来，麦琳已经不再计较价格了，只期望装好就谢天谢地了。

周二一早下着大雪，麦琳按预定时间出发去修车。

说是 1 到 2 小时，结果用了 3 个多小时，安装费就要 110 美元，安装过程中，又因为发现一个小小的塑料片破了要换，也要 67 美元，修个后视镜居然共花 400 多美元，这里的人工都贵得吓人。

车子开回家的时候麦琳惊奇地发现，出来时天上飘着大雪，现在却已是阳光灿烂，马路上积起的雪已经全然不见了。麦琳的心情也为之晴朗起来，虽然花了一些钱，但不快的一切已经过去了。

回到家，麦琳到了自己的书房，看到桌子上放着一张纸条，上面写着，麦琳：你应该要清理积雪后再出门，你应该打电话叫水电工来修理水管，你应该把抽水马桶修好。一看那口气相当令人不舒服，麦琳有点怀疑自己是否看错了。

“朱莉，这是不是你写给我的？”麦琳拿着那张纸条到厨房问她。

“是的。”她回答。

不知怎么，她的回答让麦琳一下子心里感到很不舒服。

“你不是说会照顾好房子吗？你为什么不打电话叫电工来修？”朱莉接着问道。

“你生我气啦？”麦琳小心地求证。

“是的。”她肯定地回答。

听说她生气，麦琳也来气了，这段时间以来的委屈、辛苦以及各种的不满都一下子涌上来，麦琳不知哪来的勇气，大声和她吵了起来。

“我哪里做得不对，我哪里没照顾好房子，我小心翼翼地都按你的要求做了，如果你还对我不满意，我也不高兴住在这里了，那个水管我觉得根本不是我的事……”麦琳气势凶猛，发出从来没有过的快速、高频声音。

吵架的时候英文说得又快又流利，完全不是平时聊天时磕磕绊绊的样子。

麦琳正说得起劲，却发现朱莉竟然哭了！

朱莉说“你真坚强，你是对的，我哭得没理由，对不起，是我刚才摔在雪地上了，是我自己不小心，却怪罪你了。”原来如此，难怪她说麦琳应该清扫雪后再出门呢。麦琳立即说：“对不起，如果知道你会摔倒，我会先扫雪再出门的，因为我出门的时候积雪还不大。”

麦琳拥抱了朱莉，说：以后我们还是要互相帮助的，如果你需要我做的可以告诉我，吵架是很正常的，一家人都会吵架，说明我们都表达自己而不是压抑自己。

朱莉笑了，说是的。

自从吵了一架之后，麦琳和朱莉的关系变得亲近了。原来表面上很和睦、客气，但界线很清晰，各自的东西分得很清楚，也绝不敢给对方添麻烦，更别说请求帮忙。吵架之后，她们可以向对方请求帮助或反驳对方，感觉心理上更亲近了。

每时每刻都要小心翼翼地生活，心里上一定会感到很累，估计朱莉也如此。人类最深层的渴望是与他人有深层的连接结。吵架之时她们都在对方面前暴露了自己的脆弱和需求，当彼此给予接纳，亲密感就建立了。而且，麦琳明显感觉到朱莉对她尊重了许多。

朱莉还告诉麦琳，如果麦琳忙的话，她可以帮麦琳接送昊昊，这个帮助对麦琳意义很大，麦琳可以不用每天那么紧张，如果有急事，至少有可以求助的人了。

她们开始亲人般的相处方式，相互帮助和分享，麦琳会邀请朱莉吃中餐，朱莉会做西餐请麦琳母子吃，麦琳泡茶，她磨咖啡，一起出门玩，一起散步、聊天，玩游戏，麦琳说她们简直像同性恋家庭了。

此后麦琳才了解，因为朱莉曾患有抑郁症，当她姐姐看到麦琳的资料时，认为麦琳学习心理专业可能会对她有帮助，所以，选择了麦琳。

自关系融洽之后，朱莉本来每周一次见心理医生，渐渐变成每月一次了。

她们还开始分享彼此的成长历程，分享私密的情感。在麦琳离开一年后，朱莉在给麦琳的邮件中还说，每天回家看到了麦琳母子的拖鞋，感觉他们还在屋里。她无法再找到和麦琳一样的承租者，她一个人住了一年，很怀念与麦琳母子在一起的时光。

朱莉有着和麦琳截然不同的人生。

朱莉五十出头，单身，两年前因为她妈妈得了帕金森症后她开始全职照顾妈妈，她妈妈日渐衰退的记忆力让她感到生命的无常，无助感和恐惧会时时偷袭她，她终于也患了抑郁症。

朱莉出生在亚特兰大，有三个姐姐，是家里最小的女儿，小时候得到全家人的宠爱。父亲是航空公司工程师，家境殷实，有着非常幸福的童年。那个时候却正是中国最贫穷的时候，她小时候经常听长辈们说："你们都不好好吃饭，中国的小朋友们连饭都没得吃。"五六十年代的中国情况确实如此。

青少年及成年初期的她是叛逆不羁的，抽烟、派对，不停地换男朋友，但却不想承担责任而结婚，许多年前与一个交往多年的男朋友分手后，就一直处于单身的状态。

她在当地一家书店当收银员。一周工作三天，每工作一天就至少休息一天，记得有一回假期调整后她连续上了三天班，就不停喊累。在麦琳看来，她不是太累，而是轻松过度的结果。

麦琳心想，如果你知道中国人民是如何工作的，大概就不会在麦琳面前喊累了。她说原来她在亚特兰大电视台工作，有一年冬天，下了一场很大的雪，亚特兰大属于南方城市，平常不怎么下雪，大部分单位都可以因此而休息，不用上班，唯有电视台，仍然必须上班，她就觉得这份工作不好，之后辞职不干了。

现在回想过往，她觉得是过得太幸福了，她可以想做什么就做什么，根本不考虑后果，每个人都宠爱她，现在的状况都是自己造成的，正是她自己毁了自己的生活，没有什么人可以抱怨。

麦琳的童年恰恰与她相反，那个时候的中国农村虽然已经可以饱腹，但依然贫穷、物质匮乏。麦琳又从小父母分离，总被小朋友欺负，麦琳学会讨好周围每个人，记忆中极少感受过父母的爱和温情。麦琳一直不断地努力希望让自己成为更好的人，也努力讨好每个人。

麦琳在很小的时候就想，绝不能让自己老了以后成为被人嫌弃的累赘，要成为有智慧的、可爱的老太。

上帝或许就是如此的公平，每个人都有自己要学习的功课，要体验的经历。到底是什么样的人生更好呢，麦琳一直都特别渴望有一个幸福的童年，可是现在如果要让麦琳与朱莉的人生置换，麦琳还是宁可仍然选择自己的那种生活。

据说上帝也做过这个实验，每个人都向他抱怨自己的生活不如意，于是他让每个人自己去选择一种人生，结果发现，每个人都仍然选择自己的人生。因为其实不管哪一种人生，都会有苦有乐，人们不管是喜欢还是习惯了自己的人生，都是自己该过的。所以，或许分享生命体验的另一个好处是让你更安于自己的生活，而不必羡慕他人。

如同朱莉现在的生活，似乎正走向人生的下坡路。身体健康状况日益下降，没有家庭子女，也没有令人引以为傲的事业，看不到美好未来的希望。然而，人生时时会有意外和惊喜。正如朱莉所言，她们现在五个人（包括两只猫）其乐融融的生活，就让她觉得很幸福。

她们一起吃饭，一起散步，一起出游，就像是一家人，那些时刻麦琳也觉得很幸福，在异国他乡的孤独与无助也不再有。

两只可爱的猫，科比和鲁鲁，也给她们的生活增添不少的快乐和忧伤。

科比是一只老猫，99 年出生，约相当于人类的五十多岁年龄。

一开始麦琳特别不喜欢科比，它看起来凶巴巴的，那个时候麦琳还没有与动物沟通的能力。麦琳母子搬过来的第一天，昊昊试图抚摸它，却差点被它咬了。它脾气暴躁，对人很不友好，尤其是对于陌生人。朱莉告诉麦琳，科比小时候一定被人虐待过，所以性格不好，她因此而特别怜惜它，它也只对她一个人好。

从来没有养宠物的经历，也没有与猫相处的经验，起初麦琳对科比和鲁鲁都是敬而远之，尤其不喜欢他们爬到床上，麦琳总担心它们身上会有病菌之类的，不敢让它们亲近。

昊昊是与猫一样性情的人，他从小就喜猫，在上海的时候就纠缠着要让麦琳给他养宠物猫，一直没能如愿，现在有了这两只猫，他很喜欢。

然而在日复一日的交往中，麦琳也在不知不觉中喜欢上了它们。

每天早上，麦琳一打开卧室的门，科比和鲁鲁一看见麦琳，就会欢快地跑下楼梯，跑到门口，鲁鲁后腿站立着，转身看着麦琳“喵喵”地叫，前爪则不断地拍门，麦琳明白它的意思，要麦琳给她开门，它的神情、动作太可爱，麦琳每次都忍不住地蹲下去抚摸它，然后再打开门，它俩就会飞也似地跑出去。

鲁鲁是雌猫，所以相当乖巧，安静，她独立性很强，很会享受自己的私密空间，有时候想找她得费上一点心思，因为她总会找到一个私密的角落安静地呆上半天。而科比则很不同，科比有着雄性的强悍，总爱欺负鲁鲁，有时候麦琳和朱莉在场也很放肆，经常需要朱莉的干涉。

科比最大的特点是馋，是名符其实的馋猫。有时候麦琳烧好了菜放在桌上，一不小心离开一会，他就会跳上桌去津津有味地先享用了，毁了一盘菜，麦琳对此毫无办法。有一次，麦琳费半天心思给儿子做的菜，刚做好一转身发现他正津津有味地在享用着，麦琳气坏了，忍不住踢了他一下，他好像也知道自己错了，没吱声跑开了。科比也不像鲁鲁那么独立，总爱跟在人们屁股后面。麦琳她们吃饭时，他爱坐在其中的一张空椅子上，眯着眼睛看着她们，看电视的时候，科比也爱坐在沙发上，麦琳在书房的时候，他爱躺在书房地板上玩。逐渐地，麦琳越来越喜欢它们俩。

科比也对麦琳越来越友好，有时候抚摸他，也不会再咬麦琳了，偶尔还会像亲朱莉一样的亲亲麦琳的脸或手。

科比其实长得很漂亮，绿得像宝石的眼睛，很纯净，很美，他坐着抬头的样子很有王者风范，朱莉经常叫他 KING（国王）。

与这两只可爱的猫相处的经历，才让麦琳感受到，动物原来是这么可爱的，差不多可以与人类婴儿的那种可爱相媲美了。

平常的时候，鲁鲁一出去就爱玩个够，到吃饭的时候才会回来，朱莉总说鲁鲁只是把家当作免费的餐厅而已，如果晚饭后让鲁鲁出去的话，她就会整夜不归，第二天一早回来吃饭，所以朱莉称鲁鲁是个派对女孩（Partygirl），6 点后就绝不能放鲁鲁出门，而科比总爱进进出出的，出去一会又要进来，进来不多久又想出去，因为麦琳的书房在一楼，麦琳总是给开门最多的人。这家伙当麦琳是他私人秘书，想叫麦琳开门时就跑到麦琳房间门口，看着麦琳"喵喵"的，麦琳心肠软，总是无法拒绝他。

有一天，科比同往常一样早上出门了后，一整天都没有回来过，到天黑也没回来。朱莉感到有些不妙，想想近几天科比的状态还好，麦琳就开玩笑说科比是不是遇到了心仪的对象了。但是到了晚上 8 点还没回，朱莉就坐不住了，拿了电筒出去找。

朱莉在附近的街区各个角落找，朱莉一路喊着"科比，妈咪在这里"。在鲁鲁和科比面前，她总自称妈咪的。朱莉的叫声听得麦琳心酸，她对科比的感情其实正如麦琳对昊昊的感情，她一直没有结婚，它俩就是她的孩子和家人。

当天晚上，科比一直没有回家，朱莉几乎一夜没睡。

第二一早，朱莉又出去找了，还去了警局，确认没有人拿走猫，然后开始打印寻猫启示，到邻近街区去贴。

到了第三天的下午，朱莉接到个邻居的电话，说在她家院子里见到过科比，朱莉和麦琳马上赶了过去。

麦琳还以为可以见到科比了，去了才知道原来她下午的时候见过，但现在也不知道在哪？朱莉在她家院子找了会，什么也没发现，朱莉又是眼泪汪汪的，但是宽慰了许多，毕竟有了这个消息可以确信科比没出事，而且还在附近，还有回来的希望。

又到了第二个早上，朱莉再次接到了那位邻居的电话，这次科比已经在她家的院子里死了。朱莉哭得很伤心，开始准备在后院为他找一个好的安身之处。她出去在林子里找了半天，终于看中一处阳光透过树丛照射着的地方，很美很安静，麦琳心想科比能葬在这里，真是福气好过许多人了。

朱莉的侄子帮忙挖了坑，朱莉还拿出事先准备好的悼词，边哭边念，大致是感谢科比的陪伴，他给她带来了许多欢乐。

最后下葬的时候麦琳看了下科比，突然间麦琳不知为何也哭了。可能是这几个月来，它的可爱的模样也给麦琳带来许多欢乐，他的魅力已经印刻在麦琳内心深处，麦琳突然间为他的离去而难过了。

朱莉拥抱了麦琳。在那一刻，麦琳感受到，大自然的一切都与人有很深的情感连结，也正因为如此，生活才会虽有悲欢离合，但仍充满魅力。

经历才重要

彼此文化背景不同的人一起生活，可以相互学习异国文化，也可以相互学习不同的价值观和对生活的态度，这样就可以增长自己的知识，还可以正视自己的不足之处。在海外的学习中经受的巨大冲击，即是自己平常的学习和思维模式与国外大学采纳的教学方式反差极大。这是一个开阔思维，拓宽视野，收益良多的学习过程。

在不同的文化中生活的好处，是可以见识到另一种文化、思维方式以及观察事物的不同的视角。

昊昊在国内时一直是个好学生，学习成绩好、听话，是个绝对遵守规矩的人，除了生病从来没有旷课或早退。麦琳经常听到儿子报告班上的同学出去旅游的消息，决定也带他到其它城市走走，麦琳自己请了一天假，让儿子也去向老师请一天假，谁知昊昊哭着不肯请假，问其原因，说请假总归不好。无奈，麦琳只好亲自到学校向老师请假，到了学校才发现，学校规定请假必须要家长亲自来签字的。原来美国小学生的旷课率非常之高，全家出去旅行是一个重要的原因之一。在老师办公室签字时，麦琳也感到有些不好意思，生怕老师认为自己是那种不明事理的父母，不注重孩子的学习。签好了字后麦琳与老师聊了会，她希望向老师解释原因以减轻自己的心理压力：“我们只在这里生活一年，所以，我想带他出去走走。”

“噢，原来是这样啊，那应该的，你们可以多出去走走，旅游可以让人学到更多的东西，旅游比学习重要。”老师微笑着如此回答。老师的回答让麦琳感到意外，原来老师也会这样想，让她瞬间没有了压力，看来老师不用在意自己班上学生的成绩或旷课率，如果这些结果与老师的成绩考核挂钩，老师能否也如此豁达地对待呢？麦琳回想自己从小也是对师长权威从来说一不二的人，不敢旷课，一直努力听课、做作业、考试，那么多年的努力对现在有好的影响的是什么？那些看过的书又有哪些是留下好的东西的呢？那些努力背过的历史事件、政治理论、地理概念，不知道哪一样是让麦琳变得更加聪明或睿智？还是只是禁锢了她的思维和视野，至少如今能够回忆起来的，寥寥无几，倒是高中时第一次的旅行，第一次坐上火车时的感受、在内蒙古草原上骑马的经历，至今历历在目，那种感觉、那些画面仍然清晰生动。

在那些旅行过程中，她发现了与陌生人交流的方法、乐趣，在大自然的广阔、丰盛中感悟到幸福、发现美，也在应对无法控制的危险与困难中找到力量。其实，不仅仅是旅行，生活本身也要面对无法控制的危险和困难，甚至要比旅行更为艰难。从旅行中寻找到的快乐，以及面对困难的快乐态度，能让人们更好地面对生活。

不是知识，而是经历本身让一个人变得不同。

有一天，麦琳问昊昊：你们班上有多少同学，都是哪里人？

“两人韩国人，一个日本人，两个中国人，5 个黑人，其余的都是没有什么经历的普通白人。”麦琳听了不由地觉得好奇、好笑。

“为什么白人就是普通的没有经历的，而其他的人却不是？”

“因为白人出生就在这里，没什么奇怪的，其余的人都是从其他地方来的，有不同的经历。”

美国小学生的作业也让麦琳脑洞大开。

第二学期开学，数学课就布置了一个作业，一个月以后完成：如果你现在有一百万美元，你要做什么？

“你会想做什么？”麦琳问儿子，心想这作业还有点意思。

“开一家中国餐馆。”儿子答道。

接下来的几周，昊昊忙开来了。先是写计划书，真是难为了英语不是母语的他，用了差不多整个周末，总算自己独立完成了计划书了。麦琳松了口气，儿子作业再也不用麻烦她了。

做完计划后，昊昊奖赏自己，一连几天都只管自己玩得开心，到了下周要交了，才开始又紧张起来继续做，发现一项重要的事还没做，就是必须对餐馆经理的采访，有了实际数据的参考，计划才会更具科学性与可行性，麦琳怕麻烦，建议他随便采访一起住的朱莉，可是他却很较真，一定得真实的采访，他这么认真，麦琳不好劝他作假，只好带他去找餐馆。

还好附近有一家中国餐馆，麦琳选择在下午客人比较少的时候过去。出发前要昊昊考虑好需要问的问题。这是昊昊的第一次采访其他人，刚开始有些紧张，说话断断续续的，被采访的杰森亲切地让他不用紧张，他很快就顺了，问话有模有样。麦琳有时忍不住插上一句也会被制止：“你不要吵，我自己来问。”

回来后昊昊整理了访问内容，把这几天做的计划，包括具体的数额分配图表，还把原来写的材料全部输入电脑打印出来，麦琳说算了吧，不用这么麻烦，他说：“不行，我不想比别人差。”

一连几天，昊昊每天回来就搞他的百万美元项目，又是做图表，又是下载图片的，又做了好几天，终于完稿了，打印出来一堆纸，有模有样的摆起来。

“真不错啊，儿子。”麦琳看到完成后的作品，由衷地赞叹。

“妈妈，我们现在马上去史泰博买展板。”

“什么史泰博，什么展板？”

“史泰博是专门卖办公用品的商店，我们展出的时候要自己带展板的，很多同学已经带来了，我知道是什么样的。”麦琳开车带着儿子找了半天，终于买回了展板。昊昊认真地把打印出来的纸一张张贴上去。

“太棒了”朱莉回来看见赞道。

“妈妈，你明天要来看我们的展览吗？”

“我一定过来。”麦琳好奇，这些孩子们都会做成什么样？这个展览会是怎样的？

展览是在他们学校的餐厅举行的，大部分家长都参加了，孩子们都穿着白上衣黑裤子（之前通知的），认真地在自己的摊位前守着，有其他家长过来的时候给介绍自己的作品，很像是国内商品展销会的场景。孩子们做的项目的内容丰富多彩，有开女装店的，有开博物馆的，有开动物园的，还有收集兵器的，图书馆的……

此时，麦琳认真思考这个作业：这个作业带给他们什么？他们学到了什么？

他们从头开始计划一件事，并且对每一项目作了详细的安排和具体的分配，到对实际工作者进行采访，锻炼了他们操作能力，写作能力、计划能力、沟通能力等等都得到了提高，而且，他们学到了真实生活中的一些知识。更重要的是，在整个过程中，儿子都是非常认真、有热情地投入其中，乐在其中。

好多门学科的作业都是如此，比如科学，基本上都是实际的操作或生活中的实际观察。

相比于国内呆板枯燥的作业，这种作业确实值得我们学习。

麦琳有幸选择了一个质的研究方法课程，每次研究方法的讨论课上，阅读文章、分享观点都让麦琳感到激动万分，相对于她原来所学的通过测量、计算和分析的研究方法，她更喜欢通过研究者和被研究者之间的互动，对事物（研究对象）进行长期深入细致的体验，然后对事物的“质”有一个比较整体性的、解释性的理解的“质性研究”。麦琳渴望在这里不仅只是参与课堂学习，也能够做些实际的研究。

一天下课后与导师海伦一起的时候，麦琳斗胆问了她：“我想在这里也做些研究，不仅仅只是上上课，你看可以吗？”

“当然可以啊！”海伦如此轻松的口气激起了麦琳的信心，麦琳原来觉得这是不可能事件。“你先写个方案，然后再到我的办公室门上约时间，我们见面修改。”海伦给了麦琳很具体清晰的指示。

“好的。”麦琳感到有些兴奋、激动。居然这么容易可以约到导师的时间，要知道，在国内，要约见导师一面也没那么容易。

这里的每位导师在办公室门上都会有一个日程表，导师会在上面写上一周的工作安排，其中必须有一天是用来给学生的，学生可以在表格上填写要见导师的具体时间段。当然，如果你来得越晚，你可选择的时间越少。海伦留给学生的时间是周三，麦琳那天早早就来到她办公室门口，发现已经有两个人在上面约走了两个时间段，还好，麦琳希望要用的时间还空的。

第一次在约好的时间来到导师办公室的时候，麦琳心里万分忐忑不安。因为这是麦琳第一次英文写这么长的研究方案，除了担心方案思路不够好，还担心英文也写得不够好，会被老师骂，或者老师会觉得写得太差了，要把她扫地出门。正硬着头皮准备好接受全盘的否定和严厉的批评。

“这么短的时间你就能够写出这么一个方案来，已经很不错了。”没想到导师一开口，立刻让麦琳的石头落地了。

麦琳大大地松了一口气，接着海伦开始指出，哪些方面是好的，哪些方面需要修改。结束的时候麦琳就很清晰接下来她该怎么做，来回修改了三四次后，海伦说可以拿去做了。

麦琳的研究对象是青少年的，需要到中学里去做。但是在收集数据之前，先要通过哈佛学术道德委员会的考核，考核时需要提交详细的研究资料和计划，并且还要事先通过一个道德委员会的测试。幸运的是，在上塞尔曼教授的课时，麦琳已经通过这个道德委员会的测试了。

道德学术委员会要审核研究方案，以确保研究对被试没有伤害，这时需要填写一堆资料，对研究进行说明，为什么要做该研究，会有什么成果预期，对被试会有什么影响，研究的资助来源及研究者的资格等等。

等到道德委员会评定的那一天了，麦琳以为过了这一天，就可以直接拿到许可证了。没想到第二天，又来了一个通知，提出需要许多修改和完善的要求。麦琳在方案中提到会邀请一个助理，委员会要求助理也要通过道德学术委员会的测试。要找出一个有时间可以帮忙的人已经很不容易，还要请人家做测试实在是太麻烦，最好是已经通过这个测试的学生，幸运的是麦琳很快遇到一个愿意帮忙的中国留学生。

费了许多周折，终于拿到了做研究的许可了。接下来要联系学校，麦琳在这里人生地不熟，根本不知道要如何联系，海伦是英国人，她也不认识当地的学校。麦琳只好尝试通过当地的教育网给学校打电话，不是没人接就是不同意。几天下来，一个学校也没联系上，后来还是通过一个海伦的学生帮忙，才联系到两所同意给做研究的学校。

这些学校都很远，好在有车，否则，麦琳还真不知道如何可以做到。远的那所学校麦琳开了两小时才到达。

18 岁以下的学生还需要有家长同意书，即要让家长了解并同意他们的孩子将在学校要接受这么个研究，即使这些都同意了，学生仍然可以选择不参与，任何其他人都不能干涉学生的意愿。

美国中学每个班都只有二十个人左右，这么一来，真正在一个班级里最后会参与做的人只有十多个。费了这么多工夫，做一次只能收集到一点点资料，实施过程真不容易。

与母亲重遇

疾病，它证明了你与灵魂是分离的。疾病是改变的前兆，灵性的邀请，疾病让你藉此恢复与灵魂的沟通。了解疾病的灵性意义是一个疗愈过程，是一段探索内在的旅程。

或许是麦琳太过贪心，想要做的、学的太多，春天来临以后，麦琳生病了。

波士顿的冬天长。四月接近尾声的时候，春天才露出萌芽。波士顿的春天一般只有两三周，春光宝贵得很。嫩绿的新芽仿佛一夜之间冒出来，冰雪刚刚消融，盛开的鲜花就随处可见。粉白桃李开满一树又一树，到处碧绿的草地上点缀着各种颜色的花。但是麦琳却无福消受春天的美丽。春天来临不久，从不过敏的麦琳出现过敏反应。先是麦琳的眼睛过敏，然后皮肤也过敏，身体感到浑身无力，眼睛过敏使得麦琳既无法阅读学习，也无法看电视消遣娱乐，总之，眼睛不能使用了。唯一可以使用的感官是耳朵，麦琳只能大部分时间站在餐厅里，看着远处窗外或闭上眼睛收听广播。

一旦不能忙于做事，麦琳才深刻感受到，一个人在异国他乡的孤单，是多么地难耐。找不到一个人可以喝茶、聊天、谈心，内心深深地感到孤独、凄凉和无助。麦琳才发现，她已经很久没有和思远聊天了，甚至根本不知道可以和他说什么。刚到美国时，她会尽可能抽时间与思远沟通，报告发生了什么，有时候麦琳讲述一些遇到的困难，比如赶不上接儿子，自己的焦虑、紧张，思远则会说：这有什么，我还以为什么大事。后来，她就不报告困难和麻烦的事了，生活稳定后，重复的报告变得不再需要和有趣，现在即便一个人感到痛苦，麦琳也没有想和他沟通的愿望了。

几个月以来，麦琳只是在粗暴地使用身体，协助头脑来完成各种事务，完全忽略了身体和情感的需要，此时，它们报复来了。

一天晚饭后，麦琳安置好儿子，在电脑前坐下，平时不愿意在聊天中浪费时间的她，上了一个社会网络，一个陌生人发来了问候，若在平时，麦琳根本不想理会，在她看来，参与这种聊天的人大都无聊粗俗，这一天她却礼貌地回复了：你好！

麦琳与陌生人诉说起自己现在的苦恼：身体不适，独在异国他乡，孤单无奈。对方了解了麦琳的经历后，则对麦琳赞叹不已，钦佩、敬仰之情溢于言表，接着两人开始聊起了各自的生活。麦琳从小没有得到父母的肯定，即使是来自陌生人的肯定，也让她感到安慰。她开始对他产生了信任，两个人偶尔的问候渐渐变成了麦琳每天的渴望。虽然麦琳清楚地知道，这种感觉很可笑，她根本不了解对方是什么样的人，对她说的话是不是都是真的，而且，远在天边，但是，她仍然无法摆脱对这种连结的渴望，两个人之间每天的聊天时间也越来越长，甚至开始影响生活了。麦琳开始感到很困惑。

麦琳的过敏症在那些聊天的时间里似乎都消失不见了，这加重了她对对话的依赖。她开始神情恍惚，自己茶饭不思不说，连给儿子做饭也心不在焉的，匆匆应付。朱莉觉察到了麦琳的异常，问她怎么了？麦琳如实相告，与这个陌生人的情感连结，既是麦琳的安慰剂，也造成了她另一种痛苦，她知道这是荒唐的，希望有人能够指点迷津，让她快速从中摆脱。

“如果你和美国男人约会，就不会发生这种情况了。”朱莉听完麦琳的诉说后，说了这么一句。麦琳也没特别明白。心想：这是什么话，与美国男人约会？麦琳要照料儿子、学习，除了没有时间外，对美国男人有一种无意识的恐惧，她也不知道是什么。

麦琳感觉自己的情感如同失去了桨的船，在激流中失去了控制。

“对他的感觉都是你自己幻想出来的投射，如果见到了，这种幻觉就会消失，或许你该去见见他。”朱莉提议。

麦琳也觉得这是唯一的办法了，她希望这种幻觉快点消失，好让她回到正常的生活。

于是麦琳向老师请了假，去见这个给了她极好感觉的陌生人。

见面的结果确实如朱莉所料，对方只是一个婚姻不如意的普通男人而已，并没有什么特别之处。那种情感也如同它的迅速发生一般，泡沫破裂般地消失了。

但是这个经历让麦琳非常震撼。当她终于清醒过来之后，回头再看这段虚无的情感，仍然如梦幻般不真实和可笑。只是身在其中时，她完全无法控制自己。为什么会这样？从小理智、积极向上的麦琳，从来还没有发生过这么可笑的事，但现在想来她觉得一点也不可笑，那个时候的她似乎不是自己的主人了？那个时候她似乎有两个自己，理智的自己清楚地明白，这是不对的，是可笑的，另一个自己则疯狂地认同，陶醉其中，她是分裂了吗？

麦琳突然感觉自己是个白痴，对自己根本一无所知。

这个发现让她震惊，她决心探索自己。

她首先查阅情感与认知方面的文献。一本关于心理治疗的书让她找到了恰当的解释：“科学研究发现，我们的大脑里有一个情感脑和认知脑。情感脑与身体联系紧密，是无意识地控制了所有令人感到心理愉悦的功能，和相当大部分的身体生理机能:包括心脏动作的秩序，血压、激素、消化系统、甚至免疫系统。

认知脑是有意识的、理智的，倾向于适应外在世界。两个脑袋互相紧密连结，经常互相依赖并协同运用，可是两者却以截然不同的方式对我们的生命和行为起作用。

情感和认知脑差不多同时从外部世界获得信息。它们或者合作或者争着控制人的思想、情感和行为。它们之间的互动决定了我们的感觉，跟世界的关系，还有人际关系。

当两者融洽合作时，我们会感到内在的和谐，这种感觉是所有持续的愉悦体验的基础。两者之间的竞争只会让我们不快乐。

进化赋予情感脑在紧急情况下有优先权，情感脑的反应更接近本能和条件反射。比如，开车的时候，即使我们正和身边的人谈话，后来有一辆货车正驶过来，情感脑察觉到危险，便会下意识地将我们的注意力从谈话转到货车上，直到危险过去。当两个男人聊天时，看到一位美丽性感的女性经过时，情感脑就会打断他们的谈话。

认知脑可以使我们理智地调节情绪，使得情绪反应过火前驯服它们。

如果情感脑压过认知脑，开始控制思维的运作，我们会失掉对思想的控制，我们的行动方式会不符合自己的最佳长远利益。结果我们变得过于情绪化。

然而过度的情感控制不仅使人的性格变得不够敏锐，还可能造成身心问题。当认知控制被过度利用，认知脑可能无法再接收到情感脑发现的求救信号。例如，有些人被自幼教导，表达感觉是不允许的。常见的例子是对男性的教导“男孩子别哭。”这些人往往会有情感过度僵化的后遗症，无法感受内心深处的爱恨或者直觉。

过分压抑情感，还可能严重损害健康。例如我们可能找到一大堆的理由来继续维持一段婚姻或职业，但实际上它们正在违背我们最内在的价值，令我们日复一日活得不快乐。由于情感脑主要和身体互相影响，当我们对内在的不安变得麻木时，这个困局会以身体问题表现出来。加州伯克利大学的研究员发现认知脑对负面情绪的压抑，会对心脏和血管产生很大的负荷，而这些负荷比负面情绪本身还要严重。”

这段文字让麦琳理解了发生在自己身上的不可思议的这段经历。她开始反思自己，她发现事实上，她与思远之间的感情早已淡去，或者说，他们俩从来没有真正连结过，他们当初只是因为一些外在的需求而走在一起，两人一直在肤浅的层面上交流，麦琳太希望拥有一个完整永久的家庭了，她一直在努力营造着这样的一种假象：她拥有幸福美满的婚姻。她要展示给世人看，给自己看。但在潜意识深处，她并不快乐，或许，这也是那个疾病的原因，她一个人远渡重洋可能也是潜意识要远离思远。只是，自己并没有勇气面对真相。

尽管那个虚假的情感消失了，而麦琳发现，她对思远仍然感到无趣、无话可谈，两人很疏远。她对思远和盘托出所有发生在她身上的事情。果然，不出所料，思远非常愤怒，他觉得麦琳利用了他、背叛了他。麦琳并非有意这么做，但思远这么想也很正常，只是麦琳也背叛了自己，从一开始。

想到要和思远分开，麦琳感到十分难受，十多年的共同生活，就像两颗长一起的植物，有许多部分已经长在一起了，分开势必会感到疼痛。人们对未知的恐惧也会使他们宁可留在熟悉而痛苦的情境中，也不愿意选择舒适的新情境。麦琳现在能够体会这种感觉。思远是个传统的人，他经常说在他的词典里，没有离婚两个字。当然，亲人和朋友也都极力反对，并非常严厉地谴责麦琳，认为是她嫌弃思远了。父母简直发狂般地以死要胁麦琳，用最难听的语言来咒骂她。

麦琳没有那么大的勇气来承担这一切。十多年前，确实是没有人逼迫她和他结婚，是自己的选择，那么，自己得承担这个后果。

麦琳在学习心理学之后，就经常给好多朋友作过咨询，朋友们觉得受益很多，很有帮助，当然，那个时候她的咨询都只是在肤浅的理论层面，听起来很有道理，但如果问题比较大，也是无法真正地解决。这不，那个时候她咨询过的一个好友夫妇还是分居了。麦琳当时觉得他俩都太固执，都觉得自己是对的，希望别人改变。麦琳想想自己现在不也正是这样吗？她觉得思远无趣、无聊、不思进取，而思远觉得她总是活在书本的世界，单纯幼稚，不切实际。

她决定给自己和思远一个新的机会，去做婚姻咨询，两人都要努力改变自己，挽回这段婚姻。婚姻是两个人的事，一定需要两人共同努力。思远也同意了。

在咨询师的选择上，麦琳犯了个错误，导致这场咨询的失败。她选择了自己的博士生同学作为咨询师。在咨询的过程中，思远虽然有时候觉得也很有道理，自己也存在一些问题，但是回到家后，他就会质疑咨询师根本是帮着麦琳一起来对付她的，要他改变，有时候咨询师说的话是麦琳也说过的，他觉得是麦琳与咨询师串通好的。这个咨询不仅没有对改善关系起作用，反而让思远对麦琳更加反抗，麦琳也对思远更加反感，觉得他顽固不可理喻。

咨询不成，还有另一种途径，就是去听课。此时中华大地上各种心灵成长的课程蓬勃兴起，麦琳自己去学习过几次，感觉收获不浅，每次学习回来，思远也觉得很好，他有时候还会说：老婆真可爱，老婆像天使。她刚好以此劝说思远。思远也没如麦琳想象地那样顽固，也同意去一次。

这是一次自我关爱的心灵成长课程，在课程中老师谈到，我们是如何从原生家庭中学到一些沟通、应对的方式，学习如何从一个人的外在行为看到他的内在渴望，如果学会爱自己，满足自己的渴望，认可自己、提高自信等等许多课题。

课程结束的时候，每人分享学习感受，思远发言表示非常感谢麦琳带他来学习，以后要学会自爱与自信，麦琳高兴地以为他们的关系会朝着新的方向前进了。然而回家之后的第二天，思远又老戏重演。他的一句话彻底打破了麦琳的这个幻想，他说："你以后想学习自己去，你这些理论要用自己用，不要拉我去，我不需要这些奇怪的理论。"

思远的话让麦琳感觉他在把他们心灵之间的距离推得越来越远。

麦琳收到一个儿子学校的通知，她照例想转发给思远，却发现微信提示思远和她不是好友，发送不了，她觉得奇怪，问思远："我想把学校通知转发给你，怎么你的微信出故障了吗，我转发不了？"

"我不想看到你微信里发的乱七八糟的东西。"

麦琳感到非常惊讶："我什么时候发乱七八糟的了啊，我的朋友都说我发的信息内容很好，让他们很有学习和帮助呢？"

"谁喜欢谁看，我不爱看。"

麦琳感觉他的这个话，不仅否定了她所学的心理科学，也否定了她这个人，她觉得他们之间的鸿沟无法再被跨越了。在她看来，思远在微信上切断了他们之间的连结，其实意味着切断他们两人之间心灵的连结。

她觉得，他在把她推得远远的。

“我出去与其他人接触，很多人欣赏和认可我，你怎么就不能欣赏我呢？”麦琳不解地问。

“你是没什么好的，叫我怎么欣赏你？”

“原来你是这么看我的？”麦琳问。

“你有病，你是一个不正常的女人，有哪个女人像你这样读这么多书？我喜欢普普通通的正常的女人。”思远的这句话让麦琳感觉，她注定是无法满足他的要求的了。

红粉必须配佳人，好酒必须给英雄，否则是暴殄天物。工作如此，感情更是如此。麦琳感觉自己明明是一个艺术品、奢侈品，却被思远当尿壶用了，还嫌不够结实。

或许这种想法是一种傲慢，但是无论如何，麦琳无法退回到迎合思远需求的那种普普通通“正常”的女孩。那些读过的书、上过的课，都已经进入她的血液了，即便他因此而嫌弃她，她也仍然庆幸自己的努力学习与成长。

麦琳感觉自己的生命陷入了困境，她突然感觉自己的处境有些类似林诗影，没有支持，孤身作战。她想起出国回国，已经很久没有联系林诗影了，她现在情况如何？她尝试着拨打了林诗影原来的号码，拨通，但一直无人接听，她向文静打听了林诗影的情况。

“我也不是很清楚，很久没有联系了，据说她现在一直住在精神病院里没有出来，我们找也找不到她，她父母都已经放弃她了，有一次她打电话给我说要自杀，我打电话给她父母，她父母说：我们也管不了了，她爱干什么干什么，这不是第一次了。她父母都这个态度，我们做同学的，也没办法了。”文静的话让麦琳唏嘘不已，一个有才华女子，就这样在精神病院度过余生吗？林诗影现在活着，和死了又有什么区别呢？她有机会和纳什一样地清醒过来吗？

麦琳曾经同情林诗影的遭遇，现在她发现她自己也步入了自己设计的僵局：离婚，是一个痛苦的选择，不离婚，也一样痛苦。

她曾经庆幸童年的不幸经历，从而更懂得选择和珍惜。现在看来并不完全正确。童年的深远影响并未完全结束，现在的结果，或许正是童年创伤的延续。麦琳回顾了十多年的婚姻生活，过去，她似乎觉得一切都非常满意，儿子乖巧可爱，家庭宽裕，而且，她与思远之间也是甜蜜有加，难道现在和思远之间的疏离，其实只是因为婚姻的本质？还是因为长时间的分离？还是真的因为没有爱情为基础，婚姻这场马拉松真的很难跑完全程？

在两人婚姻咨询的过程时，咨询师指出麦琳在这个婚姻中，不是一个太太的角色，而是一个孩子，而思远是家长，他管理着一切，麦琳原来处于在孩童状态时，十分享受那种被照料感觉，所以两人关系表面上看起来很好，现在麦琳成长了，犹如青少年成长了向往自由，因而希望挣脱家长的管制，这是她想离开的心理动力。麦琳觉得这种分析有道理，她确实有这种感觉。

如此说来，这个婚姻“事故”仍然与童年有关。麦琳原来一直保持在孩子的角色中，没有真正成长，童年的她希望得到认可，不敢违反别人的意志，这些特性在婚姻中也得到淋漓尽致的体现，她过去是不敢违抗思远，讨好思远的。

“给你机会去找‘正常’的女人，我们分开吧。”在思远说了麦琳是不正常的女人之后，麦琳这样回答。

“你马上给我滚！”思远勃然大怒，拽着麦琳的胳膊往外推。

“我会走，但我得带上属于我的东西。”

“没有你的东西，我一分钱也不会给你。”

“你没有这个权利。”

“你挣过几分钱？都是我挣的。”

“家庭财产是夫妻共有的财富，即便我只是一个家庭主妇，从来没有挣过钱，也有我的一半。”

“你不是读了很多书吗？精神财富不也是财富吗？”

虽然吵架时说的话不可推敲，但是仍然反映了一个人潜意识里的想法：思远不认可麦琳的价值，不认可麦琳作为母亲、妻子本身对家庭的付出。

只有价值平等、人格平等两个人才能营造美好持久的婚姻。两个争权夺利的人，如同两个玩家的小孩，很难一直保持和谐的关系。

曾经，在麦琳出国之前，两人是朋友们羡慕的恩爱夫妻。麦琳也说不清那股想要逃离思远的动力来自哪里。她可以说出无数个理由，比如：思远不尊重、不认可她；两人之间价值观不同；分离的时间太久等，但又觉得这些也都不是。

“母亲没有丈夫，你当然不敢拥有自己的丈夫。母亲过得不幸福，你当然不敢让自己幸福。”

“孩子会无意识通过与母亲做同样的事来认同母亲。”难道麦琳的离婚也是对母亲无意识的认同？这股离开的动力来自家庭系统？麦琳听到这些语句时，她觉得心灵深处非常认同，虽然科学无法验证这些，但是海灵格从现象学中观察到的这些，让当事人都有一种幡然醒悟、确实如此的感觉。

“母亲是我们每个人生命的源头。有些人的母亲的确不很称职，造成了伤害，但是如果我们不能饮水思源，甚至还抱持着愤怒、责怪的心情，那么，就等于阻挡自己与生命源头的连结，自然无法汲取到生命的能量。与母亲的关系，代表着你与这个世界上所有人的关系。不修复好与母亲的关系，我们的人际关系注定问题重重。”

家族系统排列发现一个人与母亲关系的重要性。麦琳如此努力地想要经营一个幸福的人生，但却仍然无法避免与父母同样的命运，难道是与原生家族的牵连注定她要经历这样的命运？

麦琳陷入无法言说的痛苦。或许所有的孩子在痛苦的时候都会想到自己的妈妈。她再一次想起从来没有见过面的亲生母亲。不被理解的痛苦突然间给了麦琳一个启示：许多人告诉她的关于妈妈的信息，或许并非真实的妈妈，而是他们的看法。麦琳从来没有接触过妈妈，所有关于妈妈的信息都是别人告诉她的：她妈妈是个冷漠的人，妈妈根本不爱她等。这些使她对妈妈产生怨恨和愤怒的信息，也许不一定是真实的。

麦琳突然明白自己应该亲自去见妈妈，了解真实的情况。

“一个人只要对妈妈的愤怒还在，就无法不讨厌自己，因为生命的一半来自妈妈。”当人们告诉一个孩子，他／她的父母中的一方是如何不好的时候，孩子会觉得自己有一部分是不好的，他／她会有深深的羞愧感。麦琳深刻地熟悉这种感受，也是她一直不自信的原因，觉得自己不好而感到羞愧，同时对妈妈有很深的怨恨，怨恨她是一个不正常的、冷酷无情的人。

麦琳想见妈妈的渴望变得不可遏制起来。她早就从朋友那里打听来妈妈的电话，但对妈妈的那种既恐惧害怕、又愤怒伤心的混杂情绪使得麦琳从来没有拨通妈妈的电话。

那是麦琳平生第一次与她通电话。

“你是谁啊？”妈妈陌生的声音。

“是我，是麦琳。”当麦琳告诉了妈妈她的名字时，妈妈立刻哭了。

在听到妈妈哭声的那一刻，麦琳的心里涌起一股温暖的感觉，她也哭了，从妈妈的哭声中，麦琳感受到妈妈其实是爱她的，她也如同麦琳想念她一样地想念麦琳，她们的分离对她同样是一种折磨。她的哭声里已经传递了她的爱。

但麦琳还是问：“你不要哭了，你哭什么啊？”

“我想你啊，妈妈对不起你，你也都不来看我，你能不能来看看我啊？”

“好，妈妈你别哭了，我马上去看你。”

这是麦琳生命中第一次在心里感受到妈妈的爱及与妈妈和解。

麦琳有些激动、有些不安地来到妈妈家，从未谋面的妹妹和弟弟热情地招呼着麦琳，第一次听到他们叫姐姐，感觉很亲切，似乎他们很久之前就见过，似乎他们曾经有过很多的交流。

弟弟告诉麦琳，他也感觉到见到麦琳很亲切，因为妈妈一直在告诉他有关她的故事，他感觉麦琳一直在他的生命里。

原来有某种东西一直在连结着他们。

见到妈妈，麦琳首先要解开的是一直在她心里的疑惑：为什么这么多年，妈妈从来不给她一点信息？为什么在她年幼的时候不来看望她哪怕一次？

听着妈妈的故事，麦琳立刻在心里了解到妈妈的无奈、悲伤、妈妈所经历的痛，那是远远超过麦琳所经历的。麦琳不禁为妈妈难过，麦琳抱着妈妈，痛哭不止。她感受到了一种深深的痛楚，为妈妈。

妈妈从小患小儿麻痹症，一条腿活动极不灵活，在那个交通不便的年代，她这样一个人，还要照料小孩，无法顾及麦琳是再正常不过的，尤其是，妈妈说因为爸爸说过，绝不允许她们家的人看麦琳，所以，她也有所担心和顾虑。

麦琳突然意识到，为什么自己会一直保持一份单纯、幼稚，原来妈妈就是这样的，是遗传还是潜意识里对妈妈的忠诚？

至于有些人添油加醋地把妈妈说成一个没有心肠的不正常的女人，可能只是出于自己的想象。相反，麦琳看到妈妈对别人非常宽厚，对于弟弟妹妹过分地宠爱，以至于弟弟老大年纪了，还一事无成。而妈妈，一方面为他操心，一方面仍然如同照料孩子一般地照顾她。

妈妈说："对不起，让你受苦了。这样可能更好，如果你在我身边长大，可能也会同他们两个一样，被我宠坏了，那你就不会有现在这么能干了。"

妈妈的这话让麦琳既感恩上天的佑护，又对她们彼此付出的代价感到心痛。

麦琳想起在《生命的重建》中看到过的文字：我们必须认识到，我们的父母在他们所具备的理解力、经验和知识的基础上，已经尽其所能做到最好了。如果只是责怪我们的父母并且把我们的余生继续当成牺牲品，那是很容易做到的。但是我们不能开这么大的玩笑，这样做根本不能改变我们的处境。

与父母的关系是我们所有人的重要关系，有很多人都存在着与父母关系不顺的问题，而这个问题会影响到我们的亲密关系。

心灵的成长

为了成长，我们会不断地吸引一些人到我们的生命之中，为我们制造出极具挑战性的情境，触动我们内在伤痛的感觉，他们只是镜子，映射出我们内在的状况。这些被触动的感觉，也许是你内在小孩的伤痕、扭曲的信念、某些行为模式……。去觉察到底是什么东西触动了你的内在，让你的灵魂进展到觉知的状态。

与母亲重聚的快乐没能持续多久。六十多岁的母亲身患多种疾病：小儿麻痹症引起的腿部残疾、大腿骨头坏死、糖尿病、高血压等各种老年病一应俱全，三十多岁的弟弟是个赌徒，一事无成，没有事业也没有家庭，思远担心如果和母亲过于亲近，这将会是一个沉重的负担和麻烦。

当麦琳还沉浸在与母亲重聚的欢乐中时，思远说："你可以去看看你母亲，给她些钱就好了，不要搞得太过亲热。"

对于刚刚体验到母亲的温暖的麦琳来说，这话让她非常反感。

一天晚饭前，麦琳正在准备晚餐，一个多年不见的老朋友发来信息：我在上海，晚上有没有空，能不能请你吃饭？

正在准备晚餐的麦琳对思远说："晚饭你自己准备一下，我有外地同学过来请吃饭。"

"什么同学，不会是老情人吧？"

“曾经帮助过的朋友，很多年也没有联系了。”

“既然很少联系，就说明关系一般，为什么一定要去？”

麦琳不想与思远起冲突，就编了个借口说过不来了，下回再聚。但她觉得该和思远好好谈一谈。

麦琳说：“我觉得夫妻之间，信任最重要，今天晚上你不想让我去，说明你对我已经没有信任了，是不是这样？”

“信任，你这个道德败坏的女人，自己都偷了男人了还有什么资格要求信任？”思远的这句话让麦琳又伤心又失望，在思远心里，并没有真正理解麦琳经历的痛，仍然一直对麦琳高举着道德审判之剑，既然这样，连争吵和辩解的必要也没有了。

麦琳平静地说：“思远，我们的缘分尽了，我们分开吧。”

麦琳没有努力为自己争取恰当的利益，思远也没有真的“一分钱也不给你”，麦琳一个人搬出来不用住到马路上，这就可以了。相爱过的人为了物质利益相互攻击，是最让人心疼的，让孩子看到父母相互诋毁该是多么残忍，这是麦琳最无法面对的。

过了十多年热热闹闹的家庭生活，陡然间又回到了单身一人，尽管麦琳一个人的生活也很充实，但是总会有些瞬间触景生情，孤独和凄凉感会不经意地光临。

无论怎样的一段情感结束，对谁都会是一种创伤。朋友推荐麦琳也参加心灵成长课程。麦琳看了课程的介绍：不但能教会你催眠，也引导你更深刻认识生命的奥秘，掌握身心平衡发展的心法，并且有能力自助助人，帮助与你有缘的人生活得更好。这个内容一下子吸引了她，虽然是心理学专业的学生，但学院派心理学并没有教导催眠，在心理学的教科书中根本没有给催眠一席之地。好奇心强的麦琳决定去体验下。

课程的老师是来自台湾的一位老师，麦琳百度了下，学员的评价都不错，麦琳马上报了名。

第一天当老师走进课堂，走向讲台的时候，麦琳感觉自己一下子很安静，这是被瞬间催眠了吗？老师不帅却有仙风道骨的气质，麦琳一下子卸下了心理的防御。麦琳是感性的人，相信自己的直觉。接着老师那缓慢而低沉但却分明很有力量的声音，让麦琳感受到了放松的美妙和轻柔的力量。

接下来的几天，麦琳感觉自己回到了天真的童年，放松而完全地投入到课堂中。难怪，在课程中，有好几位学员告诉麦琳，说感到麦琳特别单纯。

麦琳只是懒洋洋地待在课堂上，但老师的每一句话却清晰地渗入麦琳的心里，做每一项练习时又感到非常快乐，时间不知去了哪里，一会儿就到吃饭的时间、下课的时间，与以前在学校里听课时，课堂时间特别长的感觉完全不同。

第三天麦琳经历了一次奇妙的体验，两人练习时，当麦琳在同伴的指示下进入深度放松催眠状态后，同伴下指令说让她享受几分钟，麦琳当时就想，你干吗不问麦琳童年时最快乐的事，这是他们组上一个练习没有完成的部分，随后麦琳心想，你不问我就自己来做吧，可是，这个时候，却神奇地发现做不到，无论如何努力，脑子里仍然只是一片空白，麦琳只好放弃这个努力，好好放松休息，然而，这时，同伴却问道：你现在是不是在想，我为什么不问你童年最快乐的事是什么？麦琳拼命点头，心想他如何知道，此时老师说时间已到，同伴只好把麦琳唤醒。醒来后，麦琳好奇同伴如何知道，同伴说他也不清楚，只是突然感觉收到信号了。麦琳问老师所发生的事，老师平静地说，你们到达六级催眠深度了。

麦琳之前阅读过一些类似的理论，明白这个道理，但是亲身验证，还是头一回。

麦琳学会运用催眠后，更容易进入放松的状态，时时能感受到口舌生津，淡淡的甜甜的。原来的麦琳，总是处于焦虑紧张不安之中，所以，肠胃不好，口气很重。

老师每天都展示众多不同的催眠技巧。在练习过程中，麦琳越来越深地体会到，催眠确实能帮助人找到内在的力量，接通大智慧，打开潜意识大宝藏。

第四天中午，老师的《灵魂炼金之旅》新书到了，麦琳立刻被题目吸引住了，那个午休的时间，麦琳完全陶醉其中。

第四道强调在生活中修行。麦琳喜欢第四道的教学目标：不是培养无所不知的学者，不是训练出无能的圣者，而是有能力去“做”、有真正自由意志与丰富正确知识的“完整的真人”。

第四道的创始人葛吉夫有一句名言：“如果你活在狼群中，你就要学狼嚎叫。”对麦琳而言，这是真正教育的开始，人们习惯于将人加上不同的标签，然后就受困于这些标签，过着僵化的生活。而葛吉夫是“有人来向我买地毯，我就要扮演地毯商，而不是灵性导师。”

催眠，就是学习没有肌肉压力的情况下去思考，想象并允许一条河流通过，有创意的催眠并不只是放松，让自己倒下去，这充其量只是低层次催眠，所以我们要找到深度专注和全然放松并存的和谐关系。

催眠更是一种很好的疗愈方法。在与另一个自己对话的练习时，开始时麦琳根本不知道想与哪一个自己对话。进入放松催眠状态后，一个画面自动出现：5 岁时一天傍晚，麦琳回到家，家里找不到一个大人，刹那间，孤单、恐惧的感觉淹没了麦琳。麦琳如同 5 岁的孩子般放声呜呜大哭，无法停止，老师引导让成年智慧的麦琳去安抚那个受伤 5 岁的小孩，可是不知为何却总是很难安抚下来，麦琳只好让那个 5 岁的小孩尽情地宣泄，终于，长达一小时左右的号啕之后，安静了下来。麦琳惊讶于自己内心深处，还藏着这么深的伤痛。

“清理过去的心理创伤是有必要的，通过心理治疗、催眠治疗来处理心理层面的问题，释放掉负面情绪，往往会对心灵成长产生良好的正面效果。”

第二天，麦琳感到全身舒畅、轻松。气色也好了许多。

好品质的催眠状态是专注而放松的。生命又何尝不是如此，唯有当人们处于专注而放松的状态时，生命才能活出最好的品质。

很多人都处于一种无意识的负面自我催眠状态而不觉知。觉察是破除负面催眠的金钥匙，麦琳很快在生活中感受到这一点。

游泳技术不好的麦琳，每次只敢在浅水区活动，一到水深的地方就会紧张，所以每次游泳回来都会感到精疲力竭，麦琳都只以为是游泳就是耗能量。有一天麦琳在浅水区熟练地来回很多次却仍然不敢游向深水区，她意识到是自己恐惧作怪，她想起运用自我催眠，觉察恐惧，观察呼吸，恐惧消失了，她气定神闲、从容地游向深水区，感受水波的抚慰，看着水慢慢变深，从容地换气、划水，麦琳第一次感觉到在水中自在美妙的感受，来回不间断地游了一个多小时，出水时居然完全没有那种精疲力竭的感觉，太奇妙了。原来只是恐惧，就足以消耗我们大量的能量。

分享是最好的学习，麦琳特意组织一次催眠沙龙，她第一次尝试结合催眠来帮助他人，结果让她认识到了每个人潜意识都有大智慧。在催眠状态里，受术者会进入高度觉知的转化意识状态，成功地调动潜意识的大智慧，会进入自动化的自发性治疗状态。

麦琳体验到了作为催眠治疗师的莫大享受。

菁菁是麦琳的同学，是心理学的博士、副教授，因为菁菁并没有特别清楚想要探索的问题，麦琳便引导她进行“海上仙岛之旅”，将她导入催眠状态后，请她发挥想象力，随心所欲变成一只可以抵达海上仙岛的动物。她说变蝴蝶。这时候她选择的动物可能是其潜意识里自我形象的投射。她后来告诉麦琳说，当麦琳在给其他人做的时候，她当时心想，等会她要变成一只鱼，可是这时鱼只是闪了一下，形象很模糊，一只大大的漂亮蝴蝶的形象却很鲜明，于是就说蝴蝶。飞跃海峡，到了美丽的小岛，麦琳让她好好浏览仙岛风光，如果看到什么样的人、事、景物值得一提的话，就告诉麦琳。她说发现了档案馆，要进去看看自己的未来档案。走到档案馆，看到一排排的档案，她觉得很乱，找不到自己的，没头绪，后来突然想到，既然是档案馆，那肯定按照字母排序啊。于是字母排序的档案架子就出来了。她一个个的找过来，L，然后就是她的姓。锦盒装着她的档案，可是她打不开。麦琳问她，看到档案了没？她说，“打不开”。然后，麦琳告诉她，旁边的柜子里有个神奇的工具，能帮助她打开。她去找，果然找到了，并打开了。然后，锦盒里的档案纸上赫然写着她的名字，李某某，由于您多年积德行善，您将会成为大教育家，大心理学家。她的嘴角呈现甜美的微笑。

接下来，从档案馆出来，麦琳问她要不要回来，她说，不要，还要去看神仙。她找到了神仙，神仙背对着她，在钓鱼。她问他，档案馆里她的未来是真的吗？神仙不回头。她又继续问了一遍。神仙回头了，是个白胡子，白头发的老头，非常慈祥，但是有点俏皮，他对她微微一笑，然后，点点头。她很开心。麦琳问她，想回来吗？她告诉麦琳，不要，她要去泡温泉。于是她走到一个悬崖边，它的内侧是几个温泉池，她选了一个进去，好好地泡了下，把身上的污垢都除去了。

最后，她想回来了，变成蝴蝶慢慢往回飞，可是感觉很累了，很艰难地飞回来，风很大的样子，她突然看到大陆上，麦琳正在伸手招呼她，于是一把拉住麦琳，就落到地上。这时麦琳感觉她可能还有需要处理的问题，临时增加了一个情节，想带她面对和处理她不愿意面对的，麦琳说面前有座房子，里面有你感觉到不舒服的东西。此时，她的眼前突然看到房子里是她平时最讨厌的那个人，这时候，觉得自己能量不足了，不敢去面对那个让她一直很厌恶的人。

于是就跟麦琳说，她要回来，她太累了。麦琳把她唤醒。

两周后的一天，菁菁兴冲冲打电话告诉麦琳，她利用麦琳教的方法自我催眠，让自己进入催眠放松的那个状态，回到了与她共同面对的房子。她看到了那个人，然后，她走进去，与他面对面，他不屑地转头不看她。她还是不知道如何和解，突然想起家庭系统排列中有个最简单的办法，于是，对他鞠躬，说："求求你。"一直保持鞠躬状态。然后，他从不屑，到不安，然后，慢慢地面向她，开始微笑，转身，打开门离去。她望着他消失在雾蒙蒙的天气里，无影无踪。她又重新回到房间，房间刹时变成了金黄色的墙壁，地上浮现出了唐玄宗行宫中的温泉池，泉水汩汩地冒着，一会儿就形成了一大池，中间出现了很多的玫瑰花瓣和茉莉花瓣，散发着芳香，于是她就开始洗温泉浴。先是洗身体，但是觉得头和脸也要洗，于是神奇的事情发生了，她洗完了，头发变得乌黑发亮，面孔变得光洁明亮，身体如牛奶洗过一般，润滑凝脂，然后走出来，到房间外面，阳光明媚，照在她身上暖洋洋的，眼前一大片绿地，望不到边际，路边开满了五颜六色的花朵，蝴蝶围着她飞舞。她眯着眼睛，享受了一会儿。

麦琳被菁菁描述的意境迷住了。也让她领悟到每个人潜意识都有无限创意。

后来在学习家庭系统排列、萨提亚家庭治疗以及NLP技术的时候发现，这些技术都是在催眠的基础上发展出一些操作技能的，这也使得有催眠基础的麦琳，无论在哪个学习班上，都有一种能快速掌握要领的感觉。

心理科学的研究明确地告诉我们，身心是相互依存的。一切健康问题、关系问题都是身心失调引起，因为身体和心灵并不是两回事，是一体的两面。心灵是身体的内在部分，而身体是心灵的外在部分。

麦琳体会到了心灵成长课程的作用与意义，与学校里学习的理论知识相比较，对人的帮助与成长有着更直接、更显著的效果。这种课程更多导向我们的内在之旅，内在之旅把我们和那个隐藏在万物背后的道连结起来——在我们里面。

安然的故事

每张幸福的面孔下，都有着不为人知的痛苦。这个世界根本没有人一直是幸福的。苦难才是生活的本质，因此面对生活，我们必须感恩。

——《青是受伤，春是成长》

“你好，请问你是麦琳吗？”

“我是，请问哪位？”

“麦琳，我是小兵，现在上海，和安然在一起喝茶，安然说你也在上海，过来见个面吧，有二十年没见了吧？”安然是麦琳的初中同学，小兵是儿时的同伴和邻居，不知道他俩怎么会在一起，麦琳一方面好奇，一方面也想见到几十年未见的老同学、老朋友。她立即开车前往他俩相聚的茶座。

停了车，到了茶室门口，麦琳开始有些紧张，二十年未见，不知道小兵现在是什么模样，安然也有些年没见了，他们两位男生，我一位女生，见了说什么呢？他们为什么要见她？也是为了好奇？到了门口了，麦琳只好深吸口气，敲门。

“哎呀，大美女来了，一点也没变！”小兵热情的招呼消除了麦琳的紧张。“快坐，快坐！”

“如果在马路上遇到，我真是认不出你了。”麦琳印象中的小兵高大帅气，现在却已然是一个中年发福的男人，如果不是在这里，麦琳她很难想到是他。

“首先告诉我，你俩是怎么认识的？”麦琳先抛出一路上想弄明白的疑惑。

小兵说：“我们原来是同一部门的同事，后来我下海了，现在我俩地位悬殊了，安然现在是处级领导，我是一普通百姓。今天我来这里出差，就给安然打电话，聊到你，他居然不知道你也在这里，我们从其他同学那里找来了你的电话。”原来如此。

“哪里？我是给国家打工的，你是大老板，财大气粗，手下管的人还不比我少。”在他俩的相互吹棒里，麦琳才了解个大概。虽然安然和麦琳都在同城好多年，但却也彼此互不知晓。

“好了，我知道了，你们都混得不错就是了，不管是老板还是领导，过得舒心就好。要比较起来，我是最没有出息的了，现在什么也不是。”

“你就别损我们了，如果你博士什么也不是，那我俩算什么啊，对不对，小兵，领导会退休，老板钱再多，也说不定哪一天就没了，只有你的知识，会一直跟着你。”

“好了，我们不谈这个了，对了，你们今天怎么想到约我啊？”麦琳转换了话题。

小兵看着麦琳接着说：“我早就特别想见你，前段时间听同学们聊起你，说你现在很厉害，催眠大师，把人都催成钢板了，所以对你特别好奇，我记得你小时候也不聪明，安然你知道吗，麦琳那个时候考试都不及格，现在都是哈佛博士了，太厉害了？”

麦琳听了觉得有趣又好笑：“人体钢板只是一种非常简单的催眠术而已，和大师沾不上边。我去哈佛只是以博士生的身份去访学，并不是哈佛博士。”

“也一样，对我们来说都很厉害了。”

“麦琳小时候学习很差吗？那后来是怎么回事？”安然问道。

“麦琳和我们家原来是邻居，后来麦琳搬家了，我就不清楚了，我也想知道。”小兵看了看麦琳说。

麦琳回答：“对，原来我和小兵是邻居，后来我爸爸从外地打工回来，他结婚后我随爸爸一起来到继母家生活了，也就是从那个时候开始，我过上了和别的小朋友一样正常的生活，每天上学，后来成绩就自然变好了啊，你知道，我和奶奶一起生活的时候，奶奶总是经常不让我上学，陪她走亲戚，她说反正女孩上了学也当不了官。”

“我听说你继母对你很不好，有一次把你打哭了，你逃回奶奶家，又被你爸爸拉回去？”小兵问道。

麦琳吐了长长地一口气，慢慢地道来：“倒也不是，其实后妈对我还不错，只是她那个时候压力大，有时候脾气不好，这样母女关系容易引起误解，包括我自己，也总是容易错误解读她。”

安然说：“我听了你的故事蛮有感触的，其实和你有类似的经历，但我的童年又和你有非常不同的地方。我感到我的童年是非常幸福的，有三个姐姐，我是最小的唯一的男孩。”

“那你一定很受父母和姐姐们的宠爱？”麦琳问道。

“是的，姐姐们都很爱我，也很宠我，只是我出生没几个月父亲就过世了。”

“对不起……”

“没关系，我的记忆中没有父亲的印象，家里比较贫穷，母亲很辛苦一个人把我们养大，这让我有些自卑，但我从小学习成绩就一直很好，得到老师同学的喜欢，这方面又给了我自信，总的来说，我还是比较幸运的。”安然停下来喝了口茶，又继续：“我童年也经历过很多危险。最危险的一件事是放牛的经历。放牛的处所主要是有草的地方，我们家乡有一座山，山脚有一大片草地。我一般放学回家后，需要放一二个小时牛。我喜欢骑在牛背上，看着它觅草吃，现在想起来很浪漫充满童趣，但当时的感受可能完全相反，甚至可能觉得痛苦不堪。有一天在返家的路上，我急于回家，用鞭子打了下牛，它飞快地跑起来，我翻倒在刚刚犁过的水田里，并且是头朝下直扎下去的，我整个头都深入泥中，嘴里耳鼻全都是泥水，狼狈之极，幸亏旁边有人相救，才不至于酿成大祸。从那以后，我再也不敢欺负它，后来我们成了很好的朋友，每天它一看到我就摇尾巴，后来我考上重点中学，妈妈偷偷地趁我不在家的时候要卖了它来凑学费，我难过了很长一段时间。

除了放牛，我也放过鸭子。鸭子在水稻收割前主要是关在水塘里豢养的，这段时间只要一日三餐向水塘里撒谷子和水草就行了，工作非常简单。水稻收割开始后就要把鸭子赶到刚收割完的稻田里去，让它们去寻觅掉落的谷子和虫子。分田到户之前，各家的鸭子放牧是不受地域限制的，只要是生产队的地都可以。分田到户以后就只能在自家的责任田里放养。

在分田到户之前，为了争地盘，小孩之间吵架打架时有发生，记得我小学三四年级时亲历过的打架，打得惊心动魄，我特别难忘。

当时村里有一个‘万人嫌’的男孩，年纪比我大，但他吃饭不长个子，常常欺负我们这帮小孩子，并成为人人都痛恨的“孩子王”。那时他虽比我高不了多少，但毕竟比我强壮多。那天，不知为何他欺负我，我们相互扭打起来，我显然处于劣势。他把我倚在身下，使劲将他的“小弟弟”往我嘴里放。这是很恶心的，这种行为在我们那里有极端羞辱人的意思，如果他成功了，那我以后在小朋友中间就会永远抬不起头。但当时，我力量不够，躲避不及，挣脱不掉，一时急中生智，忍着恶心，毅然向凑上前来的“小弟弟”猛咬一口。随即听一声惨叫，他捂着“小弟弟”痛得满地打滚。看到这情景，我和其他受他欺负的小朋友在旁边不知所措，大家都吓呆了。后来不过还好没出什么危险，他被附近农忙的大人们送到乡卫生院，包扎后就回来了。从此以后，这家伙再也不敢随便欺负我们了。那场架现在想起来有些防卫过当了，哈哈，不过挺解气的。这是我童年时期做的最勇猛也最危险的一件事。”

“你刚刚说，你才几个月大的时候就没有了父亲，那你一定因为这件事吃了不少苦头吧？”麦琳知道从心理学的角度，父亲对一个男孩的重要性。

我不知道自己是从什么时候开始接触并理解“爸爸”这个概念的，在我生命最初的三两年里，妈妈应该从未提起过与这个概念相对应的这么一个人。到了懂事并有记忆的年龄，我对这个称呼的体会，是伴随着羞愧、自卑和携带着愤怒的敌意而产生的。在那贫穷与痛心的日子里，妈妈对爸爸的所有责怪都是不过分的。我幼小的眼睛里虽然没有看到过那个身影，也因此而对这个模糊概念所代表的人产生了浓浓的敌意。即使我知道他绝不会出现在我的真实的生活中了，在我最初的心灵里，这个称呼给我种下的是自卑与愤怒。

毛茸茸的儿时岁月，和所有的老照片一样泛着悠悠的古铜色。在一个玻璃窗上结满冰花的日子，大姐去了生产队劳动，二姐三姐都去上学了，妈妈在炕上忙着用破布头打夹纸，我一个人翻箱倒柜地玩，在破皮箱里我找到一个大信封，里面鼓鼓的装了很多东西。我很好奇，拿到炕上，在妈妈旁边，把信封里的东西都倒在了炕上。哇！好多大大小小的照片，黑白的最多，也有后来人工上了色的彩色的，颜色鲜艳但不真实、不自然。

其中的一张照片，美丽的河水上一叶小舟，鱼篓鱼鹰静静地酣睡着，一个人戴着蓑笠拄着竹竿站在船头。还有的是几个军人合影留念，老式军装上还有军衔标志。妈妈告诉我这就是那个让她伤心一辈子的人——我的爸爸。他似乎文化不低，当兵数年，曾去抗美援朝前线，在参军期间已和我妈妈结了婚，因肺病复员回家，回村后任生产队会计，写一手好字，春节时写全村的春联，把队里财务管的分毫不差，却拒绝队里所有的救济，任凭妻子儿女在饥饿的边缘挣扎，那时家里因孩子多劳动力少，在挣工分的年代，在我爸爸做的生产队年终结算里，我家不但分不到一分钱，还会欠上生产队一大笔钱。

我的一个二姐，在一两岁时夭折，妈妈每天心如刀绞，锅里看不到米，心上却淌着血。穷人家的孩子都懂事，那时我们都在村里的大食堂统一吃饭，年幼的姐姐们总是把在食堂里领的饼子藏起来，自己舍不得吃，拿回家里给爸爸妈妈吃，那时妈妈的眼泪应该早就哭干了。和我紧挨肩儿的哥哥很讨大人开心，三四岁的孩子懂事的像一个小大人，从不让爸妈费心，哎，我苦命的哥哥，不幸得了肾炎。

他是家中第一个男孩，父母疼爱有加，爸爸更甚。那时医疗水平太差，爸爸带哥哥住进了天津的一家医院，一住就是好几个月，病后的哥哥更加懂事了，对爸爸的关心超过一个孩子所能做的，他还会把病室里的其他病人和医护人员都哄得很开心。他们也都更加心疼这个可爱的孩子了，但那时的肾炎几乎是不治的。

贫穷岁月的残忍，使得每个日子都像一座不得不走过的刀山。妈妈的脚那时瘦得仅存白骨了，爸爸在城里护理着哥哥，几个月里衣不解带，身体多处长疮，他也无法去洗上一次澡，病痛对哥哥的折磨，使爸爸不忍心离开哥哥半步。在家里，妈妈照顾我们姐弟几个，同样地缺衣少食，境况犹如雪上加霜。钱早就没有了，哥哥的医疗费都是妈妈在村里信用站贷来的款，好在那时人心淳朴，所有借贷都不用抵押，否则哥哥生命早早就被画上句号了。

肾炎忌讳吃咸东西，爸妈就买了好多罐头给哥哥吃，那时的罐头大多是铁罐的，多年后我家的天井里还堆着很多那时留下的空罐头罐。据说哥哥吃甜的都吃怕了，有时央求爸爸给一点点咸菜吃，爸爸忍着泪，一点都不给。然而这样也没能改善哥哥的病情。哥哥的病情愈来愈重，哥哥和周围所有人的感情却越来越深，李叔叔，张阿姨，医护人员们每天都笑中含泪来查房用药。叔叔阿姨们一个个劝不甘心的爸爸，还是快些回家，让妈妈再抱一抱孩子吧。他们都哭着来和哥哥告别。

在哥哥弥留的日子里，爸妈无心茶饭，欲哭无泪，爸爸尽情地伤心，然而妈妈还要照顾我们几个可怜的孩子。

哥哥在妈妈的怀里一口一口地出气，已在生命的终点，妈妈痛苦着呼喊着哥哥的名字，我的爸爸，跪在旁边的炕沿下，诚心地祈祷着："儿子，儿子，你一块把我带走吧，在那边你也需要我的照顾。"心碎的妈妈破口大骂，难道为了这一个儿子你就不管其他的孩子了吗！

我可爱的哥哥去世了，在我没有记忆的时候，那时我才两个月大。爸爸不忍心把哥哥远埋，就埋在了我家西边的梨林里。从此那座小坟前，每一个晨昏爸爸都会久久流连，爸爸已精神恍惚了，他每天都会把那座小坟摸得很光很圆，不允许有杂草存在，和动物走过的痕迹。

妈妈说有一次，生产队里的一匹小马撒欢踩了那座小坟一下，爸爸哭喊着和妈妈大打了一次架，怪妈妈没有看护好哥哥的小坟。村里的人觉得爸爸已经疯了，由于爸爸的人缘很好，很多人都来接爸爸到他们自己家去宽宽心，试图安慰他。妈妈说自哥哥去世后，晚上爸爸几乎没在家待过，每夜都会被人们接走，怕妈妈看不住他，怕他自杀，因为他每天都叨唠着要去陪哥哥，怕哥哥一个人在那边受委屈。那时可以想象我的妈妈是多么揪心呀！这边痛失爱子，伤未结痂，另一边要照顾好尚在残喘的我们，还要看好随时可能觅死的我的爸爸。妈妈说那时她把绳子菜刀都藏了起来。

破烂的屋子里没有什么摆设，有的只是跳蚤虱子，家里每个瘦弱的身体上都有很多被叮咬过的疙瘩，不知哪个热心的亲友，送来半瓶农药，那是当时唯一对付跳蚤的方法。妈妈很细心，把它藏到了屋外墙角水缸的里边，不料仍然被爸爸发现了，他用它作为走进了天堂的阶梯，走到了哥哥的身边，他把所有的爱给了我那可爱的哥哥，那时我有五六个月大。

正月初五传统称之为“破五”，总被人认为不太吉利。那天上午妈妈从外边回来时，爸爸已近奄奄一息，他给姐姐还有好多亲人都写了遗书，越到后来字迹越潦草，应是服毒后写的，药力发作身体难支了。这如同一记重锤击中了妈妈的心，担心成为现实，生活成了噩梦。所有的语言也不能代替感受的真实与残酷，正月对妈妈来说是灰暗的，至今妈妈在每年的正月里心情依然暗淡。

那天北风怒号，天寒地冻。我家买不起木棺，爸爸用的是最便宜的水泥棺材，也没有寿衣，爸爸穿的是老姨的一身棉衣。走的人是那样凄惨，而留下的人凄惨中更裹携着痛苦与辛酸。

我没有出现在爸爸出殡的队伍里，在农村的传统观念里，我应当是一个唯一重要的角色。妈妈本来打算让未出襁褓的我也尽孝子之礼，打幡送终，可是众乡亲含泪不忍，怕我禁不起这寒风肃杀，五六个月的我并不知变故的残酷，不知亲人们正在经历最痛的灾难。

爸爸和哥哥终于相聚了，天堂里他们一定很幸福，特别是爸爸怀中的哥哥，还有怀抱着哥哥的爸爸。爸爸不再揪心了，哥哥也不再会受到委屈了。

自从我开始懂事起，每年春节姐姐们都要带我去给爸爸上坟烧纸。这时妈妈会亲手用剪刀剪烧纸，嘴中唠叨的都是责骂与伤心，我对爸爸的印象也逐渐因之丰满起来。那时候我对爸爸感到愤怒，又因此而自卑。因他死的不负责任而愤怒，因他死的异常而自卑。以至于多年以后，“爸爸”两个字一直是我讳莫如深的字眼。

随着年龄渐渐增长，对爸爸的了解也越来越多了，也理解了妈妈的责骂中更多的是伤心。亲友们关于爸爸的故事有很多版本，但众口一词的是，爸爸是一个多才多艺的人，琴棋书画无一不精。爸爸也是一个感情细腻丰富的人，是一个品德高尚，为人正直的人。这种真性情，在那样的年代，怎么会不是一个悲惨的结局呢？”

麦琳在听着安然叙述的时候，早已泪眼婆娑，生怕打断安然而强忍住内心翻腾的情感。此刻，安然如释重负般地轻松，而麦琳却呜咽出声，泪雨滂沱。小兵一直都没有怎么说话，此时他小心地把手放在麦琳的肩上，沉默。麦琳不知道，是这个故事，触动了她内心深处类似的伤痛，还是，这个故事本身，就具有触动人们内心深处柔软部分的能量。

一段时间的沉默。

“安然，你比我大一些吗？怎么你还吃过有大锅饭，我听长辈们说过，但我自己没有经历过？怎么回事？”

“我是比你大两三岁，因为小时候因为家里穷，比普通孩子晚了几年上学，这也是我曾经非常自卑的原因。”

“噢，难怪，那个时候居然穷到这个地步，连吃饱饭都成问题，现在的孩子肯定都无法想象。”很少说话的小兵插了句。

麦琳说：“我小时候的记忆特别少，那时候家里也很贫穷，但我是唯一的孩子，我的物质需求都被尽量满足到了，所以，对于这方面印象不深，只是对自己家里和别人家不同的氛围、状态特别印象深刻，我那个时候整天都是在想念、盼望父母、羡慕别人家的热闹。”

“今天和你们的相聚真好，我本来通过写作，已经疗愈很多童年时期父亲缺失的伤痛，现在对你们叙述过后，又感到豁然了许多，感到非常轻松。”安然说道。

“谢谢你与我们分享这个故事，让我看到不一样的你，现在感觉和你们好亲近噢。”麦琳微笑着说。

一个人对另一个人最好的礼物是高品质的陪伴。麦琳猜没错。她想起这句在某个课程上听到过的话。

转眼已是晚饭时间，三个人只得依依惜别。到底是旧友，半天的时间又找回过去熟悉亲切的感觉，麦琳现在看着他们两个，就能看到他们过去的样子。

麦琳曾经以为自己所经历的，是最不幸的，其实每个人都可能有一段不为人知的苦难。

超越了时光

在印度，人们认为死亡是生命的顶点，是生命最终的开花。生命是一个走向死亡的朝圣之旅，换句话说，从出生起，你便已经开始在走向死亡。事实上，如果你再深入地看，你将会看到你每一个片刻都有死亡在发生，因为每一个片刻你都在改变，我们就在“生”和“死”的两岸之间流动。如果“害怕死亡”，你将会错过生命本身，因为死亡与生命紧紧地互相牵连，它们并不是分开的两者。

周日早上，麦琳刚醒来，看到有爸爸打来的未接电话，麦琳突然间感到有些很内疚，她好久都没给父母打电话了。爸爸平常是很少给她打电话的，一般情况下打电话的通常会是妈妈。麦琳担心出了什么事。

“爸。”麦琳接了电话。

“麦琳，你最近忙不忙？”

“有事儿吗？”

“是你的姑姑的健康情况比较不乐观，她已经有半个月没有进食了，如果你最近有空，就过来看看她吧。”

“噢，这样啊，那我尽快回家一趟吧。”

麦琳和这位姑姑并没有什么深厚感情，小时候从来没有见过她，真正认识她还是在麦琳大学毕业后，这位姑姑才偶尔回乡，她早年离家，很少回来，只是她老伴过世后，她那几个继子继女就再也不认她了，她才回来。

麦琳记得第一次这位姑姑时就感觉她不是很好相处的人，她初次见面就批评麦琳不会打扮，没气质，没有礼貌，让麦琳很不喜欢她。姑姑没有自己的孩子，麦琳算是她比较亲的下一辈了，这样一想麦琳觉得她还是蛮可怜的。

舒适的车箱里，窗外飞逝而过的田野、河流和村庄，让久居城里的麦琳感受到自然的清新与魅力。几个小时后，麦琳就可以回到让她感到亲切又熟悉的地方了。

据爸爸讲，姑姑刚出生的时候，当时家庭还相当富裕，她又是家里唯一的女孩，爷爷忙于生意，奶奶体弱多病没有精力亲自照顾孩子，由保姆带着，但全家人都宠爱着姑姑，姑姑在童年的时候得到万般的溺爱，脾气很坏，懒惰又任性。后来家道没落了后，原来订好婚的人家不再要她，骄傲的她就离家出走了。她在外地谋到一份教职的工作，且喜欢上一位已婚的男士，她的任性和率真又发挥得淋漓尽致，她怀上了他的孩子，最后对方被迫离婚，但她的婚姻受到了丈夫和前妻孩子们的大力破坏，他丈夫与前妻的孩子甚至还试图拿刀欲刺她的脸，她差点因此被毁容。但她却仍然坚定地与他在一起。不幸的是最后他们唯一的孩子却夭折了。

姑姑的童年生活在热热闹闹的大家庭里，麦琳的童年家庭里却是孤单凄凉的，她们不同的童年经历造就两个人完全不同的性格。姑姑任性、大胆，麦琳却是胆小、顺从，然而麦琳身上也拥有同样的家族基因，懦弱的外表之下，也有一颗坚强、勇敢的心，这不，她毅然地离开思远，和姑姑任性地爱着姑父有相似的性格成分。

麦琳还是很佩服姑姑敢于追求自己的幸福的勇气，麦琳见过姑父几次，是个很温和的人，一看就感觉他是很疼爱姑姑的，相对而言，姑姑没那么好脾气，或许他的好脾气是她打造的呢，缘分真的是迷，他可能很享受她的坏脾气也说不定。

几年前姑父过世了，她就变成了一个孤苦的人了，既没有亲密的朋友也没有其他亲人，在她得病之后就只好投奔弟弟来了。麦琳的爸爸倒是对妹妹的回来感到很高兴，年纪大的人，能够见到久别的亲人便觉得幸福了。

麦琳到家后直接去见姑姑。姑姑看到麦琳显得很高兴，语气也比过去温和多了，麦琳看到姑姑受疾病折磨后干瘦的身躯，感到一阵难过，不知道为什么抱着姑姑哭了，麦琳也不知道为什么要哭，也不知道为什么自己会哭，或许是为着姑姑现在承受的苦，或许是因为家庭共同的命运。

姑姑精神好的时候，给麦琳讲她自己童年时候的故事，麦琳感到很亲切，她发现姑姑并没有她以前想象的那样可怕，她与姑姑之间的距离越来越近了，她们在灵魂深处有了连结，与她们共同的家族命运有了连结。

不知道是因为麦琳的陪伴还是其他原因，原本按爸爸的话说随时可能走的姑姑，竟然逐渐好转了。麦琳打算先回去的时候，姑姑的病情却又突然发生变化，陷入昏迷。麦琳只好继续留下来。

小时候麦琳曾经非常害怕死亡，在那些一个人没有大人陪伴的童年时光，麦琳常常一个人坐在门槛上看着天空，思考这个深奥的人生问题。那个时候她经常想如果她死了，这个宇宙就永远地永远不会再有她了，这个想法会让麦琳感到无比的恐惧，似乎感到死亡就站在她的身边窥视着她，她就会神经质般地逃到院子里人多热闹的地方，好像死亡会被人群吓跑。

直到有一天，麦琳看到一个智者对死亡的诠释："生命是不确定的，唯有死亡是确定的，从一出生，死亡也就出生了，死亡不是突然来临的，而是慢慢成长，直到开花。死亡是朋友而不是敌人。因为死亡的存在，生命才值得珍惜，死亡只是提醒人们需要好好活着，提醒人们，什么才是生命中最重要的，最值得去付出和得到的。"这句话似乎一语点醒梦中人，麦琳觉察到对死亡的恐惧是无意识的，是对未知的恐惧，因为人们并不知道死亡之后的世界。但这些恐惧却无法帮助人们更好地活着。既然恐惧无益，何不活在当下，享受此时此刻。随着对死亡的学习和了解越多，麦琳的死亡恐惧渐渐消失了。有时候在飞机上遇到气流，即便飞机抖得厉害，麦琳也不会惊慌，当她接受了一个人生死有命的观念之后，就能够坦然地接受随时可能会发生的意外。

姑姑内心会如何面对死亡的呢？她会害怕吗？会不舍吗？虽然麦琳觉

得自己不再恐惧死亡，但或许真正面对时与想象仍然是不同的。

麦琳斗胆问：“姑姑，你害怕死亡吗？”

“不害怕，疼痛发作的时候巴不得马上死去，死不了才痛苦。”姑姑回答。这个回答让麦琳也松了口气，也对姑姑多了份敬意。能够从容面对死亡，也是一项了不起的人生成就。

一天早上麦琳还在朦胧的醒意中，爸爸告诉她说：你姑姑昨天夜里二点多已经走了。

麦琳感觉夜里还梦见姑姑来和她说话了，或许那个时候就是她离开的时候。

姑姑是基督徒，依基督徒的仪式送行。如果是几年前的话，麦琳会认为这些仪式是一种迷信，无聊。现在麦琳很认可仪式的作用和意义，或许祈祷对姑姑有没有作用根本就不重要，重要的是对活着人，当人们虔诚地祈祷祝福对方时，人们的心是平和安宁的，会在周身营造宁静的氛围，自己的身体就处于和谐的振动之中，这或许正是祈祷的要义吧，与其说是为死去的人祈祷，还不如说人们是为自己祈祷。人们在为他人祈祷的同时，自己的身体首先接受到了祝福。

送行的仪式完全没有悲伤的气氛，麦琳感觉是陪同姑姑一起爬山，中秋的南方，阳光温暖而不灼，微风轻抚，轻微的茴香气息弥漫在天空中，还有金菊的芬芳，衰黄了的草地也给人一种亲和感。姑姑住在了一处鸟瞰江水又向阳的一个公墓，是她亲自选的。距离她祖父奢华的古墓只有几百米。

父亲每次谈到曾祖父时都会骄傲地告诉麦琳，他们家曾是书香门弟而不仅仅只是地主，不过，这个家族历史并没有带给父亲任何好处，反而，在那个特殊的历史时期，他失去了许多学习、工作的机会，但父亲从来没有抱怨过，在遭受不公时，在物质贫乏时，他总是乐观面对，在命运许可的条件下活得自在。麦琳心想这或许是家族传承的最好财富，物质的财富可能在顷刻间化为乌有，而精神财富却似种子，具有无穷的生命力。

回到妈妈家里，麦琳午睡一会，没想到这一觉昏昏沉沉睡了一整个下午。妈妈来叫醒麦琳的时候，已经只有微弱的夕阳余光了，麦琳还觉得没睡够，看来可能前几天的仪式也累的。

“不要再睡了，留着晚上睡，我都等你半天了。”妈妈已经等得没有耐心了。

“等我什么事啊？”麦琳还在恍惚中。

“你这么久都没回来，电话有些话也不好说，趁现在我们好好聊聊。”

“哎呀，我不是还没走吗，等我睡醒不行吗？”

“不行，你再睡昼夜颠倒不好。”妈妈使劲拉麦琳，麦琳只好起来靠在床上。

“说吧，想问什么？”麦琳其实知道妈妈想问什么。

“你和思远复婚吧。”

“哎呀，你无不无聊啊，如果要复婚，干吗还离婚啊？”

“死丫头，古话说：夫妻总是原配的好，再婚的哪有原配好。”

“那你也要负一部分责任，谁让你以前整天催命似的，说什么再不嫁出去就像黄鱼卖蔫了，要打折了，我刚开始就没喜欢他。”

“你这个没良心的，我哪知道你不喜欢他，你不喜欢他和他结婚作什么？我又没有强迫你。”妈妈真的哭了起来。

“妈，对不起，我说错了，是我自己的事。”麦琳最受不了看到妈妈哭。

“可是你现在这个样子我难道不难过吗？我难道不是希望你幸福吗？”

“我知道的，妈，我很幸福，真的。”

“一个人孤孤单单的，怎么可能幸福？怎么幸福？”

“妈，每个人的幸福定义不同，我一点也没有后悔过。”

“思远这孩子，也没有十分的好，我也都知道。”麦琳有些吃惊，从来没有听到妈妈说思远不好。

“算了，妈，他也没有对我不好，我们只是不合适。不要谈他了。”

“昊昊呢，现在怎么样，我们也很想他啊，想到他我也就难过。”

“他很好，周末都可以见到，难过什么啊，过年过节也会来看你的。”

“女人离婚没有男人那么容易再找，男人只要有钱，什么样的女人都找得到，女人不一样，你好傻你知道吗？”妈妈说着又开始哭了。

“妈，我现在知道如何照顾自己，没有男人也可以过得很好，遇到对的，我会抓住机会。”

“怎么叫对，怎么叫不对，你不要还这么幼稚啊，感觉不可靠。”

“妈，我该幼稚的时候没有幼稚，按照成熟的理性的方式结婚了，也没有成功，所以，我现在成熟了，换按幼稚的方式去生活。”

“你读了那么多书，我说不过你，但不要以为你很聪明，你的人生很失败你知道吗？”

“失败我也认了，但是我会为自己负责，你不要担心，相信和祝福我就好。”不知道为什么，妈妈说她失败还是让她感到有些难过。

“妈，如果我一辈子有一个不幸福婚姻，你觉得好吗，我说不定下次会很幸福呢，如果不冒险，就没有机会了是不是，就像姑姑，她与姑父结婚的时候不是家里人都反对吧，但她自己觉得很幸福，不是也很好吗？”

“好什么啊，老了连个送终的人都没有。”

“妈，这就是我和你的不同，我喜欢她敢爱敢恨，虽然姑父走了后她孤单了些，但是他在的时候她很幸福，这就够了，我的人生我自己做主，你不要总担心，你照顾好自己就可以了。你知道吗，你的担心一点也帮不到我。”

“这倒也是，我也没办法呢，只好看你自己的命了。”

“这就对了，妈，我只希望你过好自己，让自己幸福，我知道如何让自己幸福的，好吗？”

“好吧，你这丫头，什么时候变得这么能说。”看起来，妈妈终于不那么担心了。谢天谢地！

“你看你，躺着姿势这么不雅，我小时候如果这么躺着，我曾祖母就鞭子抽过来了。”

“变态啊，睡觉还规定姿势，为什么啊？”

“阿太说女生睡觉不能两腿分开。”妈妈的话让麦琳似乎看到了妈妈的童年的一个图景：一个天真的小女孩，正在甜甜的梦中，突如其来的鞭子所引发身体上的疼痛，同时潜入她的灵魂的，是对女性身体贬抑和羞耻感。

睡梦中的这一鞭子对一个小女孩该会是多大的创伤！这一鞭子不仅让她无意识否定自己的女性身份，还有对女性身体的不接纳以及隐含地对性的否定。这种对身体的无意识羞耻感也早已深入麦琳的潜意识。

“妈，是不是很疼啊？”麦琳感觉好心疼那个被鞭子抽打的小女孩。

“当然啊，鞭子打在皮肤上，怎么不疼？”妈妈说着，似乎带着小女孩的委屈。

“那谢谢你没有那样打我。”

“现在时代不同了，虽然我觉得这样不好看，但不至于要鞭子打啊，再说，打你我自己心疼。”妈妈的话让麦琳好感动，她与妈妈可以聊很多亲密的话，小时候妈妈对她的那些责骂与批评也不再是她们之间距离的隔阂。麦琳发现与自己的亲生母亲在一起没有太多的话可说，虽然内心里感到亲切，毕竟从来没有一起生活过，没有太多共同的话题和回忆。

从妈妈对自己童年的描述中，麦琳理解了妈妈过去很多她不理解的行为。

想要真正地理解一个人，你必须要了解他的成长史。

内在的旅程

你可能拥有世界上所有的幸福、舒适和奢华，但除非你了解你自己，除非你内在之花绽放，否则，你会一直怀念某些东西，你会一直有不完整感。

——《智慧之书》

麦琳回到家里，打开房门，一种孤独清冷的感觉扑面而来。这一刻，她蓦然怀疑自己是不是做错了？分手是为了什么？更好的伴侣？更好的生活？如何才能达成？对于生命来说什么是重要的呢？为什么每个人都在追求安详与和谐，人人都希望快乐，然而快乐这个目标，却鲜少有人获得？既然一个人的名声、财富、权力、地位都会随着肉体的消亡而消亡，那么，到底该如何活着？死亡究竟是带我们去向何方？到底有没有灵魂的存在？

麦琳意识到十几年的学校教育生涯并没有学习到这些关于生命的理论。即便读到博士，也仍然缺乏生命的智慧，她猛然想起内观，早在学校时候就听说了内观——探索生命奥秘的禅修。突然间，一个愿望变得特别强烈：去体验内观的修行。

国内的内观中心新生报名总是十分困难，在印度时听说一位朋友说起过，尼泊尔的内观中心不错，麦琳早在十年前读硕士时，就在英文课程上看到尼泊尔的风光片，非常美丽，当时都非常心动。何不去尼泊尔，修行、旅游两不误。

怀着对尼泊尔美丽的自然风景和神秘的内观体验的期待，麦琳来到了尼泊尔。

刚下飞机，麦琳看到的景象让她大跌眼镜。这个首都的机场简陋得比国内最小城市的机场还简陋，城市路上的脏乱差比印度的小城市也有过之无不及。麦琳开始怀疑来尼泊尔是不是一个好主意。

第二天，麦琳到城里的内观中心办公室报了名，坐上了中心的中巴车。内观中心在离城市约半小时车程的山上，山上的景观看起来不错，麦琳稍感慰藉。

到达后按照事先的说明上缴了手机电脑，护照和钱包等物品。宿舍是几十个人的大房间，每两张床用帘子隔成一间，不带卫生间，餐厅只有靠墙有一排桌椅，中间就只是坐的地方有一块木板。这简直比二十多年前麦琳初中住校时的条件还差，现在麦琳还能过这样的生活吗？

但是，现在没办法再逃回去了。

第一天晚上课程说明结束之后就要开始禁语，接下来的十天将是全程禁语的，除了有两个时间段可以问老师问题，学员之间任何时候都不能交流。晚上洗漱的时候发现，根本没有热水，这对于已经有二十多年没有洗过冷水澡的麦琳实在是难以忍受的痛苦。睡在床上时闻到被子浓厚的发霉味，麦琳感到自己是自投罗网地来到一座监狱，而不是学习。

第二天早上 4 点，铃声响起，4 点半开始两小时的静坐。半小时之后，脚开始疼身子开始不断地换姿势，换了无数个姿势之后，终于把两小时熬到底，结束的时候已经感到脚疼得不行，身体似乎有千斤重，早餐之后回到宿舍倒头就沉沉睡去。8 点铃声再度响起，从 8 点到 11 点静坐，9 点到中国厅聆听开示[①]，同时用英文和中文讲叙静坐要点，随后再来到静坐大厅。

下午从 1 点到 5 点一直静坐，1 小时或一个半小时会有 5 分钟的休息。这下午的 4 个小时对麦琳来说实在是酷刑。脊背和腿的剧烈疼痛，令每一分第一秒都如此漫长，一个小时比一千个小时还长。

---

①开示：佛门中，高僧大德为弟子及信众说法，称为开示。开，点化，为对方开悟；示，指出，并展现给你。

前三天只有一个动作，静坐时观察自然的呼吸，几分钟专注地观察呼吸之后，你会发现身体放松下来，内心也会感到平和。不要以为这很简单，事实上完全不是，你会发现你的心如同一头野象，时不时地跑走，等你发现了，你要耐心地请他回来，如此不断。你疼痛的身体会加重心猿意马，无法专注地观察呼吸。这时麦琳才了解，自己的心是多么狂野而不听使唤。麦琳似乎理解了一点课程的设计宗旨，观察呼吸，是为了训练狂野的心，增强对心的控制力量。

早晚餐后有短暂的休息时间。可是，你没有书可以看，没有电脑手机可以玩，也不可以说话，这时候麦琳才发现，什么都不干是一件很不容易的事。

在现实的生活，你无法体会到这种感受。

在那些时刻，麦琳或站在窗前，一直静静地望着天空，或者在花园里散步，看着草地上花草，窗前的树木。好在，这里的蓝天白云实在是美，清澈纯净的蓝，白云没有一丝杂染。树林茂盛，物种丰富，有很多麦琳从来没有见过的植物。花园里的植物都结满丰盛的果子，让人感到大自然的丰盛与慷慨。这些时刻里，会有些让你忘记一切的美好片刻，但下一个片刻可能就会立即被一种深深的孤独和惆怅所袭击，被思乡与爱别离的痛楚所折磨。

当这种难以抵挡的痛楚来临时，观察呼吸成了强有力的救星。几个短暂的呼吸之后，麦琳发现，痛苦变得不再难以忍受。

第三天下午开始，除了专注于观察自然的呼吸的同时，观察鼻孔附近气息出入时的感受。观察小范围内的感受，可以训练心的专注力、耐心和敏感性。这项看似简单的工作，做起来同样非常不易，心会很快厌烦了这种单调无聊活动，不是跑到过去，就是跑到未来，你必须不厌其烦地一次次发现并把她拉回来，如同一个慈爱的母亲耐心地对待自己顽皮的孩子。第三天开始身体变得不再那么沉重，走起山路来似乎感到越来越轻松了。打坐结束后，疼痛和麻木的感觉消失得更快了。

前三天三十多个小时的训练只是打开一扇门，通向平衡、平稳而专注的心，以及对身体感受的觉察力。

第四天下午，观察感受不再仅限于鼻孔附近，而是按照从头到脚的顺序，观察全身的感受。这项工作也相当具有挑战性。刚开始，无法观察到身体很多部位的感受，有时无法确定是真实的感受还是想象。每天可向助理老师提问的两个时间段是唯一可以使用语言的机会，且必须尽可能简洁地使用语言。助理老师给麦琳这个问题的答案是：这是正常的，当无法察觉到某个部位的感受时，只需要在这个部位停留一分钟，下次再到这个部位时，感受就可能出现，继续精进地练习。

学习心理学的麦琳，熟悉许多心理学理论对于感受的描述，以及许多前辈对禅修中体验的记录，对于这项练习，麦琳的好奇心被大大地激发了。

很多时候，人们是不了解自己当下真正的感受的。感受是心理学家们所钟爱的一个词汇。肯恩·威尔伯就说过："感受是灵魂的声音。"荣格也说过："You have to feel, in order to heal。"翻成中文是：你必须去感受，才能够得到疗愈。与感受的脱节恰恰是许多心理问题的症结，心理学的实践也发现，在治疗中触及感受是疗愈效果的保障。

每天晚上 7 点至 8 点是理论指导时间，这是麦琳很喜欢的部分。对于身心关系的理论解释，内观从佛学的角度来诠释，与麦琳熟悉的心理学理论并不相违，不仅简洁而且深刻全面。

人类的行为有三种：身体、语言、心理行为。其中心理行为是最重要的，语言与身体行为是心理行为的结果。

"心先于一切现象，心最重要，一切都是心所造的。若言谈举止出于不净之心，则痛苦亦肯亦随，如车轮紧随于拖车牲口之足后。若言谈总体上出于纯净之心，则快乐如影随形，须臾不离。"

心有四个部分（心法四蕴）。分别为识（意识），想（判别、辨别），受（感受），行（习性反应行为）。识是我们的感官接收到的信息，通过想（辨别）而在身体里产生感受，身体根据感受产生相应的习性反应（行为）。习性反应即心理学中谈到的无意识行为，受潜意识所控制。

内观修行的两项重点是打破心中意识与潜意识的樊篱和保持平等心。

要觉知体验到所有的感受，但是不要起任何反应，不贪爱或瞋恨任何特殊的感受。而这两项是通过平等的觉知和观察身体内升起的所有感受来达成。

内观修行的方法可简单归纳为：在静坐中观察呼吸，观察感受。

这是理论，如果只是你了解了这一点，那是远远不够的，你无法了解感受是如何升起的，观察到感受又会产生什么样的变化。如同你听说一个朋友去到某个风景优美的地方旅游之后告诉你，他所看到的风景与感受，你并不能说你已经去过该地了，你看到的风景与体验到的是不同的。

几天之后，从逐渐能够觉察到全身各个部分的感受，到能够观察到越来越细微的感受，且能够越来越快速地觉察到感受，每天的禅坐时间也变得不再那么痛苦而漫长。

为了避免饮食过量、昏昏沉沉，必须如出家人一样过午不食，中心一天只提供两餐素食，晚餐只提供水果。第二天早餐前的禅坐时，麦琳的身体被极度的饥饿感所冲击，完全无法专注于呼吸，身体不断地变换姿势，这时感觉时间似乎完全停滞了，身体被饥饿的痛苦所包围，无法进入禅定的状态，这时观察到呼吸也变得粗重，让人更加深刻体悟到身心一体。

在经历第一次饥饿之后，麦琳刻意让自己在午餐时稍微多要一些食物（这是可以自己控制的），之后早上不再感到饥饿。但是奇怪的是，第六天早上的禅坐时间，同样的饥饿感再次出现。麦琳回顾了下这一天与平时的不同之处，发现前一天下午是麦琳心绪不安宁的时间比较长的一天。当身体持续地处于放松状态，平稳而自然的呼吸会给身体提供更多的能量，所以事实上身体并不需要很多食物，放松和呼吸也是辟谷养生的秘诀。当头脑混乱，心绪不宁时身体也会消耗更多的能量。麦琳猜想或许这是第二次感到饥饿的原因。

第五天，从头到脚，再从脚到头两种顺序来观察身体的感受。这使心的练习不再那么单调，开始享受每天的禅坐了。身体渐渐习惯于这种生活方式。第六天，除了按照两种顺序来观察呼吸，加上同时从身体对称的两侧来扫描身体的感受。这个练习的不再只是心的专注和敏感那么简单，还有心的宽度，难度相当大，于是，几次练习之后，心再度变得焦躁不安，之前听闻的种种关于禅修过程中会产生的神奇感受完全没有体验到，此时才明白为什么第一天老师就提醒，第二天与第六天将是最困难的时期，不要预设任何结果和期待，这是课程中一再提醒的。只好一次次安住于呼吸上，让这颗野兽般狂野的心再次驯服。

觉知，觉知，只是觉知身体的感受且保持平等心。这么短短的几个词，要做到谈何容易。

到第七天下午，身体对感受的觉知更加敏锐了。以前没有感受的部分，感受开始出现了，而粗重不愉悦的感受开始融解成细微的振动，开始在全身体验到一种非常愉悦的微细振动畅流全身。麦琳突然想起很多年前听到一个禅修者说过的话，在禅修中体验到比任何身体的所能体验的愉悦感受都要强上百倍。

这是这么多天来辛苦换来的结果吗？将舒畅的感官经验当作努力的目标是一种危险。内观的目的不在于体验某种特别的感受，而是要培养对于一切感受的平等心。因为流畅愉悦的体验之后，不愉悦的、粗重的感受又在某一个部位升起、灭去。你所能体悟到的是没有任何感受是恒常不变的。平等心必须是在身体的感受层次上。如果我们学会保持觉知及平等心，那么对于外在的状态，就能容易地保持心的平衡。麦琳蓦地想起一位大师说的话“知识如果没有进入身体神经肌肉组织，则只是一种传闻。”难道这就是修行的意义，将知识存入神经肌肉之中？

佛陀说：一个人最大的福祉是在面对生命的起起伏伏、兴衰荣枯时，仍能保持心的平衡。

每时每刻，身体里都有感受生起。通常，意识层面并不觉知，但是，潜意识感觉得到它们，并且根据以往的经验起自动反应。经过训练，能够完全地意识到身体内的所有状态，且保持平等心，则盲目反应的旧习惯会被打破。内观的修习就是体验身心是如何运作并产生身体内的各种感受。如果不去觉知身体内的感受，无法体验身体；如果不觉知内心生起的想法，也无法了解心。这个体验之旅让清楚心里无论升起什么想法，必然伴随着身体上的感受。

在连贯几天不言语，观察呼吸和感受之后，麦琳能够体会到潜意识深处升起的感受，这或许会与平时意识到的不同。麦琳在第八天、九天的静坐时，内心深处浮起许许多多平时根本没有进入意识的感受、想法。

麦琳心里一直对分手时受到的不公正对待心存芥蒂，此刻，内心深处能感受到对方的付出与爱，以及那些对麦琳的不满和指责背后的痛苦。顷刻间那些不满、怨恨都放下了，慈悲之心升起，让过去永远过去，也放下愧疚，重新将祝福与爱送给彼此。

这是一个净化心灵的过程，此时，麦琳才真正意识到，内心深处都有哪些不净的想法，这让她开始真正从内心深处升起慈悲。

麦琳记住了葛印卡老师的话：内观修行的最终目的，是使我们正确地生活，尽我们世俗的义务并且保持心的平稳，自己保持安详快乐，并且也让别人安详快乐。

许多道理本身很平常，每个人都能明白，不经过修行，不一定能做到。智慧有三种：文慧、思慧和修慧，文慧也就是学到的知识、思慧也就是从知识中总结的道理，都不能解决痛苦解脱烦恼，真正起作用的是修慧，是自身最真切的亲身体验与感受。因此许多看似有知识有学问的人，并不能因此而活得快乐幸福。

内观禅修让麦琳收获内在的宁静与安祥。人生真是一趟奇妙的旅行，你永远不知道下一刻会遇见什么。有时候，你满怀期望地出发，却什么也没有发生，而有时，上帝却在不经意间给了你最美的邂逅。如果你知道，你会遇到什么，有些是你根本无法预测和控制的，你就不需要对未来怀抱任何的担心和恐惧，享受当下此刻便好。

不同的人生

人是自然之子，纯净和平静的心灵是实现人生意义的重要前提。然而，纷繁喧哗的尘世中，许多人自觉或不自觉地沦为了追求功名利禄的机器。追求金钱，地位、情欲和名誉的过程，也是将心灵弄得疲惫不堪的过程。人是终究要回归自然的，当你祛除心灵上的尘埃，才会发现宁静的心灵和完美的人格才是人生终极的追求。

——《不同的人生》

因同学邀请，麦琳到南京给考试前夕的高考生作一个讲座，恰好是麦琳大学所在的城市。下了火车后，麦琳在熙熙攘攘的人群中前行，这是麦琳曾经熟悉的城市，已经好多年没来。

一切都变得不同的了，麦琳随着人流出站，却不知道为什么不经意间一回首，发现正在她身后走着的，是大学时麦琳的初恋男友俊辉。这实在太巧了，即便是约好了见面也不可能如此碰巧。其实此时，麦琳完全没有回头的必要，她既没有一同出差的伴，也不存在需要麦琳关照的事。自从毕业之后，已经有十多年没有联系了。可能的解释只有一个，那就是，麦琳的身体感应到了他。

麦琳不是经常有这种经验的人，这是麦琳为数不多的感应经历。可能是因为当初她们曾经有过非常强的连结，身体细胞保有记忆。他应该是麦琳生命中不多的有过很强连结的人。

“俊辉！”麦琳几乎脱出而出。

“麦琳，你怎么来了，太巧了。”

“我到这里的一所学校明天有一个讲座。真是奇怪，人这么多，我也不知道怎么会突然回头看，居然一下子看到了你，太不可思议了。”

“是啊，你晚上约了人没有，我们一起吃晚饭吧，恰好是晚餐时间了。”

“好，我告诉下学校领导，本来他们说要请吃饭的。”

曾经相爱过的人，无论如何，或许在彼此的心里都会有些想了解对方的欲望。大学毕业后的这些年，他们没有任何的联系，现在因这种机缘相遇，见面聊一会是很正常的。

俊辉带麦琳来到一家装修典雅高贵的餐厅，这里浪漫温馨的氛围很适合恋人们，他们在谈恋爱的时候，他是个穷学生，根本没有机会到这种地方来。

俊辉说：“这个餐厅很不错，我经常来的。”

“嗯，感觉是不错。”听大学同学说他现在事业发展得不错，看来应该属实。

“听说你现在事业发展得不错？”

“还可以，有几个工厂，买了一些地和办公楼。”俊辉说道。

“这么厉害，恭喜你啊！你是怎么做到的？你刚开始不是在政府机关工作吗？怎么又自己创业了呢？”

“我当初在机关工作很是得到领导赏识的。在我工作的第二年，有一天，我爸爸查出胃癌晚期，我爸爸是农民，医疗费又不能报销，你知道我家里只有我一个人上了大学，有工作，弟弟在家里务农，没有钱，那个时候我的工资也就两百多，没有钱给我爸治疗，刚好当时有一家外资企业招人，工资是当时机关的将近十倍，我就辞了职，去了外企工作。我爸爸做了手术后，加上后来保养得好，现在还活得很健康呢。”

噢，原来是这样辞职的，难怪，当时有勇气辞职的人并不多呢。

“我在外企干得顺风顺水，一路不断升迁，我们也成了同龄人中最早买房、买车的一批人。我们第一辆车子刚买来时，马路上通畅得很，从城西到城东，基本上二十分钟搞定，而且，那个时候路边随处可以停车，随时能够找到停车之处，基本上没有警察会来贴罚单，因为那个时候一般人见到开车的，都觉得你很是了不起的人物，都对你恭敬三分。我们买了车后，门卫都对我们特别恭敬。我们成了很多人的羡慕对象。那个时候本地同学们聚会一般都是我买单。我也开始有点不可一世，对老婆的工资收入有些看不起，认为自己才是对家庭贡献最大的人，她觉得我不认可她，不尊重她，我却并不察觉。

“有一天，一位老乡邀请我们一群朋友去他家坐坐。我一个人去了，天哪，他家是我这辈子见过的最豪华的房子，一个有名的别墅园，房子带地下游泳池，背枕山，面眺水，周邻是竹海、树海，景色十分怡人，我当时就心不平静了，我想，我以后也要住这样的地方。回家后我就对老婆讲，老婆，我今天看到了世界上最漂亮的房子，我们以后也要住到那样的房子里，我打算辞职，自己创业。”

“我老婆说：我觉得现在的房子也够好了，小富由俭大富由天，再大的房子，也就睡一张床，再好的景，天天看也感觉不到了，如果你有梦想，我不阻拦，但是如果你只想挣更多的钱，我看还是免了吧。我的老婆，多么有智慧，可是，那个时候我根本听不进，觉得妇人之见，目光短浅。”

“我很快辞了职，和一个志同道合的朋友一起创办了自己的公司，做网络销售业务。刚开始就进展不错，开始两个月就有两百万营业额，这个起步给了我们很大的激励，我只管负责开拓业务，他负责管理内部事务，业务开展得非常顺利，我们彼此都招了好几个助手，钱开始哗哗进来，这个时候，我太沉浸于工作了，完全没有料想到，我的合作伙伴，他不知道什么时候开始迷恋上了赌博，我都没有发觉，直到有一次，我出了趟国，回来后发现他消失了，瞒着我偷偷地把公司的钱全部转走，里面还有客户二百多万的订金，我那个时候欲哭无泪。那天我在机场联系不上他，打电话到公司，公司里的人报告已经好几天联系不上他了，财务已经发现公司的钱全部转走了，他们也在着急地等着我回来。本来我不在，他是无法提走全部资金的，因为我出国一段时间，怕公司临时有急用，就事先授了权，可能是他事先已经策划好的。我从拥有上千万资产突然间负债几千万，整个人瘫痪在机场，快回不了家了。”

“我找到他家，家里只有可怜的老父母和幼小的孩子，原来，这家伙几年前就因为赌博输了家产，和老婆离了婚，家里能卖的财产都被他赌输了，只剩下这套旧房子，父母已经早就不认他这个儿子了，我难道忍心告诉老人家这件事吗，就只好假装什么事也没有。我死在了没有事先作调研，深处了解合作伙伴。我如果知道他曾经的历史，至少会小心点了。”

“接下来的日子，是我这辈子都难忘的。我们卖掉了所有的资产以应急，整整三年的时间，我都东挪西凑，到后来，朋友们一听到我的电话就挂了，天天被逼债。真是屋漏偏逢连夜雨，银行贷款到期了，我向我们同班同学建敏借来一笔钱，打算还进去之后，马上贷出来，这个时候已经没有任何人可以借我钱了，建敏上班，攒点钱不容易，我本来不向他借，那个时候实在是没有办法了，我想借来还进去，再从银行贷出来之后，就马上还给他，谁知道银行不知道怎么知道了我的处境，还了就不再贷给我。这笔钱，除了还建敏，还有另一笔高利贷，也是指望它来还的，这下子雪上加霜，那时真的感觉天也要塌了，感觉快要撑不下去了。”

“有一天，我真的觉得累得不行，但是却又睡不着，焦虑压力大，吃了几片安眠药睡着了。我老婆回来，看到安眠药瓶子，以为我寻死了，加上我累了、吃了药，睡得深，她以为我已经不行了，打 120 把我送到医院。我醒来后，她哭得像小孩，对我说：老公，如果你走了，那我们的孩子怎么办？我的老婆，平时很坚强的样子，每次我颓废地回到家，都是她给我打气：天无绝人之路，老天给每个人的难题都不会超过他的能力，上天现在给你这么大的难题，是因为觉得你有这个能力承受。在那些几近绝望的时候，她总会安慰和支持我，陪伴我，使我不至于绝望。而这个时候，她的脆弱又激起了我男子汉的力量，我觉得我不能让一个女人过这样的日子。”

“于是我抱着她说：老婆，别担心，不管怎么，我都不会抛下你们的。后来，有些老客户知道了我们的情况，不再追着我讨债了，还把业务也又给我们做，不到一年的时间，基本上走出困境。这个时候开始，我真的学会感恩了，每一笔钱进账，都分配好去处，改善员工福利，一部分回馈社会，结果越来越顺。”

“虽然现在对你说起来，似乎很轻松，但是回头想想，如果可以选择，我还是宁愿选择不要经历这段，因为你不确定你一定能够走出来，很可能在过程中就死掉了。说实在的，如果建敏那个时候也选择和其他人一样，拒绝借我那笔款，我可能真的就没有机会了。所以，从某种意义上来说，建敏是我的救命恩人。人只有经历困境，你才会知道，谁是你的朋友。真是如此。”

“经过这些事，我现在知道，我的成功不全是我的能力好或勤奋，而是有很多你无法知晓的因素共同起作用，所以，我不会如原来那么自大，并不是有意低调，是真心觉得，你的好运，是老天帮你，他也可能随时收回。”

俊辉的创业故事麦琳还从来没有听过，原来竟然这么曲折。

“很难想象你当时是怎么过的，你的老婆真是天使，这或许是你最幸运的地方。”麦琳感叹道。

“是，确实如此。”

“真希望我有机会一睹太太的芳容。与你的经历相比，我的根本就算不上什么了。”麦琳说道

“不能这么说，每个人经历都不同，都与环境、个性有关，你也算是我们同学中个性独特的了，你的改变也很大，如果说我是我们班上挣钱最多的人，你是读书最多的。”俊辉说道。

“那看来得感谢你的父亲，不然你可能还一直在机关？”

“是啊，这真是天意，我觉得是祖宗在保佑我。其实这些年在政府部门工作，在外人看起来很是风光，好像你很有权力，其实机关工作的人内心扭曲得很厉害，见到领导就点头哈腰，见到下级又显得他是皇上似的，刚开始我特别看不习惯这种人，但是人在江湖不得不低头，要么走人，但是像我这种农村出生的人，家里人觉得你能够获得这么一个好工作，已经是一件光宗耀祖的事，要辞掉工作简直是大逆不道，我最多也只是在受委

屈的时候，偶尔想象一下炒了领导过过瘾，真正要去做还是没有足够勇气，其实如果你不求升多大的官，也还好，等年资大了，年轻的，即便官在你之上，也不会对你太过分。

“我当初刚工作的时候就经常感到非常郁闷。当看到能力不如你的人因为有后台提升了，工作不如你卖力的人拿的钱比你多，为了保住这份工作，我也不敢轻举妄动，后来我观察到，在机关工作的人，不只是和你的能力或工作的努力程度有关，我也就对名利坦然了。会得到提升的不一定是有能力的，而是能力加关系，还有关系处理能力，也就是经营关系的能力，说白了还是关系，总之，当官最重要的是关系。有关系的要利用好有关系，没有关系的要想办法营造关系。”

“如果你既没关系又没能力，你也就不会给别人造成任何的威胁，没人会在意你，但是这种人可能会有两种结局，要么在单位做一辈子平平庸庸，与世无争，但也可能因单位里两派相争，而他渔翁得利，突然间得到提升了；或者就一辈子成为人人都可以欺负的对象，谁都可以踩你一脚，甚至后来新进入的新人也不会把你当回事，那就是活得很窝囊。比如我们单位当时就有一男人，名字就不说，没有啥能力，他深知自己也无法提拔，就只想赚点钱养家糊口，什么事情都不掺合，谁的是非也不参与，人缘不错，于是得了一个老好人的称呼，年年测评都是先进，最后也弄个正科级退休，这是这种人的最高境界，好运气不知道什么时候落在他头上。”

“如果你有关系没有能力，别人也不会把你当成自己的威胁，因为你只是一个平庸的人，所以他们不会在意，但是由于你有一定背景关系，所以一般人也不会轻易给你小鞋穿，因为中国有句话叫打狗还要看主人，那么他们会对你敬而远之，因为你和他们没关系，你的前途既不在自己手里，也不在他们手里，所以只要你不仗势欺人做傻事的话，那么你的前途会因关系而逐步前进，如果你总是仗着自己有关系有背景而处处得罪人，那么本来一片坦途的你也会增加很多坎坷。当然，如果关系很硬，背后的力量超强，那么你也只要不出格，就能够前途一片光明，当然了，这个时候如果靠山倒台了，你也完了，因为你只是一个依附品而已。”

“还有一种情况是既有关系又有能力，这种人当然就很容易步步高升了；如果你没有关系很有能力，这是最危险的，结局如何全靠你的人情世故能力得分了。如果不懂人情世故，有可能一出场就会被拍死。”

“这么复杂啊，听起来都可怕？我对官场是一窍不通的。”麦琳不禁唏嘘。

“你是不适合官场的。一个有能力的人又没有关系，又不懂搞关系的人，在官场会很麻烦。你就是这样的人，有能力的人会给周围的人带来了威胁，如果你又没有保护伞，你周围的人就会紧盯你，巴不得你出点错，趁机把你踩扁打死，一旦你稀里糊涂地犯傻，那他们也就胜利了，但是你足够坚强挺过来，或者你足够聪明，那么你就会成为胜者，他们则会俯首称臣。大部分外地考入的公务员都属于这种情况。对你来说，估计会发生第一种可能性更大。”

“这么说来，我当年不进机关而是去学校是非常正确的选择。”麦琳感叹。

“你怎么样，过得还好吧。”

“还行，我自己很满意。”麦琳原来不喜欢俊辉对于金钱的欲望过于强烈，现在觉得可能是自己对金钱的排斥的投射。

“自己满意就好。我前几年为了打拼事业，缺少陪伴家人的时间，我的太太很不容易，都是她一个人照料家庭与孩子，我现在开始多陪伴家人与锻炼身体。”俊辉现在说话和以前不一样了，已经少了许多麦琳所不喜欢的浮华。人要经历过一些事后总会成长，但麦琳以前总觉得他会一辈子都这样，那个时候对人的认识多么幼稚。

“是啊，健康与家人最重要。”

回到酒店，麦琳想起妈妈，最初他们之间闹别扭，还是因为妈妈的反对而起的，妈妈是个嫌贫爱富的人，她嫌弃俊辉家贫穷而反对他们交往。但最终的分手并不是由于妈妈。

麦琳给妈妈通了电话。

“妈，是我，我在南京出差呢，你还没睡吧。”

“没有，你又出差啦。”

“妈，你猜我遇到谁了？”

“是遇到俊辉了，那里我又不认识别人。”看来妈妈一点都不老，记忆力还不错。

“是的，你还不老啊，照样聪明得很。”

“他还好吧。”

“他现在事业很成功，很发达了呢！”

“噢，那好啊，我也希望他过得好。”妈妈的语气很平淡，似乎没有麦琳想象的吃惊。

“你不遗憾你没把女儿嫁给他吗？他现在很有钱噢。”麦琳调皮地问妈妈。

“傻孩子，你以为我真是只看重钱吗？我当时只是不想让你离我那么远，早知你后来还是越走越远，我当时也不管你了。我承认，我当时是自私了点。”

“没事啦，没有你的反对我们也还是会分手的，后来你不也同意了吗？”

“是啊，每个人都有每个人的生活，有钱不一定就最好，过好自己的生活就好了。”

触碰你的心

人的一生，行走在有限与无限之间。对小孩来说，生命好像可以长到无限的程度，但慢慢长大之后，就能够感觉到生命的有限了。这个变化是成熟的一部分。人生中可以做的事情非常有限。如果一定要找一种从有限到无限的事情，我选择：爱。从爱自己到爱别人，从爱亲人到爱朋友，所有这些向无限行走的方向，直接就等于一个人的人格成长方向。

——《爱的功课》

“妈妈抱！”儿子嫩胖胖的小手伸过来，麦琳抱住他忍不住亲了亲儿子那嫩得诱人的小脸，突然儿子又挣扎着下来，向一个方向跑过去，爸爸爸爸……他的小手一如刚才扑向麦琳一样，伸向另一外，麦琳望去，是思远站在那里，笑吟吟地看着儿子……

麦琳正有些惶惑，却醒来原来是在做梦，刚才梦中的感觉紧紧地抓住了麦琳，那种与思远、儿子之间曾经有过的那种温馨和亲密。麦琳感到些许难过，但却不知道难过的是什么？麦琳并没有后悔与思远之间的分手，也已经不担心儿子因此而受苦，或许只为那段曾经有过而现在却已经不在的亲情？难怪心理学家认为：不管怎样，离婚都是一种创伤经历。

每一种经验都会留下痕迹或残留物，留下一段痛苦或快乐的回忆，以后遇到相似的信息，声音的或图像的都会激活情感记忆的神经回路，重新触动这种情感。昊昊小的时候，麦琳一家人曾经一起来南京游玩过，住的就是这家酒店，难道同样的环境激起了潜意识里的记忆？

想起思远，却感觉已经如此的遥远与陌生，麦琳已经很久没有想到他了。曾经是麦琳生命中最重要的人，现在却和麦琳没有什么关系了。命运是多么的神秘啊，麦琳现在自己也不清楚命运是如何把她从那种情境中改变到现在这种情境，或许宇宙间有股神秘的力量在左右着人们的命运，如同月亮对地球上的潮汐的影响一样，看不见，远不可及，影响却存在着。

离了婚的父母或多或少会对孩子有内疚感。尤其是麦琳知道了儿子很不喜欢他的继母，她想到儿子与一个他不喜欢的人一起在同一屋檐下生活，心里总会感到十分不安。有时候难免怀疑自己是不是做错了，但是“事情本可以不这样的想法”根本无益于事，现在能做的只是尽可能找机会多陪伴他。

一次学校家长会，思远问麦琳会不会去。麦琳说去的，思远说他也去。

自麦琳和思远分开之后，昊昊的学校家长会，两人通常都会共同出席，那也是他们分开之后唯一可能坐在一起的机会。再次这样心平气和地坐在一起，有时会有一种错觉，似乎回到了过去他们三个人一起的时光，刹那间恍若什么都没有发生。

“这个周末，昊昊去我那儿吧？”麦琳问思远。

“这个你问昊昊吧，他想去哪就去哪。”

“这周去妈妈家好不好？”

“好吧！”自从思远结婚后，对这个问题，昊昊肯定的回答就比以前多了。原来他不喜欢来麦琳这里，他说是因为他有很多东西在那边的房子里，在那里他住过许多年，一切都是熟悉的，有感情的。

“昊昊，你觉得爸爸妈妈分开后，你有没有觉得很难过？”麦琳经常这样问。

“还好吧，没有觉得。”昊昊通常这样回答麦琳，不知道是真实的想法还是不想让她难过。

“今天妈妈在家长会上听到其他家长说，你们同学中有人谈恋爱了，你呢？”

“没有。”

“不会吧，你们班女同学你一个都不喜欢？”

“你说喜欢啊，我以为你是说爱呢？”

“什么区别？”

“喜欢可以喜欢很多个，爱只能爱一个。”昊昊的话惊呆了麦琳，简直不像是一个三年级的孩子会说的话。深刻得跟哲学家似的，有多少成年的男人了解这一点呢？这孩子……

“那你们班有几对在谈恋爱？”

“你是说目前在谈的还是包括已经分手的？”

“啊？”

“都说说吧。”

“雨晨刚开学的时候是和大志谈的，分手了之后现在据说是和海宇谈了，算一对还是两对啊，另外还有三对。”昊昊说的他这些同学的名字，麦琳只认识其中一位。

“不会吧，这么多，你们班才多少人啊？”

“我们班算少的好吧，其他班级才多呢。”

昊昊的话让麦琳无语，不同年代的人，环境、经历不同，智商也不一样，难怪心理学研究发现有弗林效应，即每一代年轻人总是比上一代年轻人表现出更优异的IQ平均指数，她们这一代人在三年级那会，是绝对说不出这种话的。

“儿子，如果你有喜欢的女孩告诉妈妈噢，妈妈可以给你参谋参谋。”对于这个新人类，麦琳觉得无法用自己的人生经验来教导他。她感觉她们这一代人的婚姻会在这个时候遭遇离婚的高峰，与她们的情感畸形发展有关。该谈恋爱的年纪，不知道该如何谈恋爱，没有正常的情感表达和发展的机会。

“昊昊，那你们班级同学中父母离婚的多吗？”

“这我哪知道啊！”

“那你的同学也不知道爸爸妈妈分开的事？”

“谁知道啊，谁管你这么多！”昊昊的回答让麦琳松了口气，看来，她担心昊昊或许会因为这件事而在同学中被歧视完全没必要。

不知道这算是时代的进步还是倒退。

情人节早上，麦琳醒来打开手机，“叮……”的一声，署名为“不想再爱”微友发来一条信息：师姐，我想请教一个爱情问题。自麦琳辞掉学校教职，开始做专业心理咨询以来，整天收到太多类似咨询，已经很多次在微信上发布声明，微信上的咨询一概不回复。今天是特殊的日子，再说这是小师妹，麦琳正躺在床上还不想起来。于是回复：“我其实不是爱情专家呢，不过，可以说来听听，我看看能不能帮到你。”

“我很喜欢一个男生，要不要主动追求？我听有人说过，女生在恋爱关系中不能主动，如果主动了，男生会看不起你，即使再喜欢，男生不主动，宁可错过；又有人说女追男，隔层纸，女生主动的关系往往比较幸福，我到底该不该主动。”

“你说的两种情况都是对的，因为男人有各种各样的，就看到遇到哪一种。究竟要不要主动，跟随你自己的心吧，这个问题没有固定的公式。如果你主动，他后退了，说明他也没有真正喜欢你，真正喜欢的人不会因为你主动而后退，如果你主动，而他本来喜欢你，因为你的主动而退却，说明他很大男子主义，思维僵化，将来不容易沟通。如果你不主动而错过了，说明本来就不是你的，也不用担心，这些都不是需要担心的。如果你不主动约他，他就不来找你，要么他不喜欢你，要么他自卑，如果他不是那么喜欢你，错过又有什么可遗憾的，如果因为自卑而不敢来找你，想来也难相处，自卑的人总是容易负面解读别人的信息，也不可取。”

“可是师姐，我觉得只有他才能让我幸福，好不容易遇到喜欢的人，不想错过。”

“让你心告诉你答案，我给不了答案。至于幸福，那不是别人可以给你的，如果寄希望于别人，你很容易失望。”

“明白了，我应该让自己幸福！谢谢师姐！”

麦琳怀疑“不想再爱”是否真的明白了。她知道，对于爱情，即便明白了和能够做到之间还有很远的距离。

麦琳感到今天有些困乏，她慵懒地躺在床上允许自己什么也不做。有时候发呆是很奢侈的享受。

心理治疗师是世界上最好的职业，也是世界上最差的职业。麦琳脑子里突然冒出这个想法，她不禁为自己有创意的改编而得意。说是最好职业，如同荣格谈到的只有受过伤的疗愈者才能治愈别人。治疗师首先要疗愈了自己的伤痛，而疗愈过程是复杂的和不确定的，了解一些概念到真正领悟，是个漫长而持续的过程。并不是某一天你突然达到了，而是由无数片刻的领悟而逐渐接近的过程，这个过程具有自身的魅力；其次，当病人与你分享最深的秘密时，你会感到一种被信任的感动，你就能与另一个生命在灵魂深处连结。治疗师是秘密的守护者，每个来访者都会分享他们的秘密——许多从未公开，甚至是最亲的亲人。秘密让治疗师能对人类隐藏的内心状况一窥究竟。这也使得他们更容易理解每一个个案。

“麦琳姐，你怎么还不来啊，我们都在等你呢。”麦琳正享受发呆的时候，接到电话，她才想起自己报名参加了亚龙团体，今天是第一天。

“抱歉，我忘了，马上准备过来，你们先开始，大家都到吗？”这是麦琳非常喜欢的学习机会。

团体治疗，是让人们在一个安全的环境里，构建一个不受干扰的人际互动环境，构建一个真实的社会缩影。在这里，人们通过一种体验式的学习来了解自己，了解自己与别人的交往模式，觉察到并消除自己的内心盲点，从而达到个人全方位的心灵成长，也从根本上修复自己与社会人际关系中的沟通互动模式。在团体里，人们彼此平等，彼此尊重，相互陪伴。透过彼此的无条件接纳，在定期的小组聚会中，提供和感受彼此的理解，经历人与人之间的亲密和关爱。在帮助我们个人成长的同时，促进我们个人在日常生活里更自如和坦诚地与人交往。在这个团队会让你有鼓舞，更加理解和找到人生的自身价值。

团体治疗大师亚龙说过：作为病人进入治疗是学习心理治疗的最佳途

径。

这种团体体验式的学习是关注内在的体验。体会在内心深处发生着什么，在深入中改变自己，你置身于其中时完全感受不到时间的飞逝，有传统的教学所无法达成的功能。

“……当治疗师看到人们因为负罪感、羞耻感而浪费生命时，就不会这样去浪费自己的生命，看到人们内心深处的脆弱、不安全感和恐惧时，就能够心生慈悲，你就能够抛弃所有的价值判断和道德判断，这种让病人感觉到完全被接受的开放的空间就是一个促进成长的容器。你得熟悉自己阴暗的一面，必须能够理解所有人类的欲望和冲动；要能够从病人的角度来理解和体验，你必须发展出足够的自我省察和内在力量以便应对许多职业危机。”

麦琳到达的时候，老师已经开始在讲解，她让自己快速安静下来。

接纳自己的感受，以及如何为自己的感受负责的练习，成为这一天中让麦琳有最深刻的体验。在儒家文化的影响下，我们学会压抑负面的感受，表达负面感受等同于报怨批评，而我们大部分人从小就学会压抑感受，压抑感受其实是一种自我攻击，习惯了压抑感受就无法自我尊重，“感受本身是没有对错”，只有我们能够允许自己有“内在的自由”，生命才会因此而更为鲜活。同时学习要能够为自己的感受负责，才不会被过去、他人所控制，如果别人的话勾起自己的负面感受，需要探索的是自己的内在，这种探索通常可以发现到产生于童年期的心理按钮。

我们生活在一个强调理性的文化中，我们太习惯以各种理性和教条来说服自己，要求别人，然而，生命绝不仅仅只有理性，是感受而不是理智决定了我们的幸福感。

我们的社会吹捧冷静理性主义，导致我们感受不到真正的情绪，如果人们无法宣泄情绪，他们会在早年就学会给自己穿上“肌肉盔甲”。这令肌肉张力长期过高，使活动能力和感觉能力受限，我们因此与身体、内心以及本性失去联系。僵硬的肌肉影响能量在全身的流动，就容易导致抑郁。

在团体的过程中，每个人都要进行深入的自我探索，这个过程让麦琳受益匪浅，也让麦琳认识到每个生命都是如此的独特，每个人都有不同的内部世界，同一个刺激对不同的人具有不同的意义。

同为面对离婚这件事，吴芸和乐怡的反应是如此的不同。吴芸的反应认为因为自己不够好，对不起丈夫，所以，她希望努力提高自己来重新赢回丈夫的心。而乐怡则是表现出对丈夫极大的愤怒，觉得自己很委屈。乐怡如果没有经过这种学习，可能永远也认识不到，正是自己的这种高高在上，对丈夫的不满意、愤怒会将丈夫推得更远。好在，她们都有机会成长，结果将会变得不同，不管最后丈夫是否离开，关键是她们不管如何，都可以生活得更好。

不学不知道

终生成长是件能说而不易做的难事。时代在进步的，社会在发展，无论何种职业、身份，都需要不断学习。终生成长是当今社会下最为急迫的需要。只有终生成长才能从容应对生命中的沟壑险峻。只有终生学习，终生成长，我们才不至于浮躁，才能给下一代营造好的成长环境，才能在职业领域做出卓越的绩效。

麦琳回家的路上看到小兵打来电话，她犹豫了下要不要接，却不小心已经接通了："喂……"

"麦琳，你今天晚上有时间吗？我有事需要你帮忙？"

"可否透露是什么样的忙？"

"我最近一直失眠。"

"你是想正式咨询呢还是随便聊聊？"

"有什么不同吗？"

"非常不同，正式咨询的话要付费，而且同学之间可能不是最好的选择，我可以给你介绍朋友，但是效果会比较好，朋友间的聊天也会有帮忙，但是有些时候效果不明显，取决于问题的类型很多情况。"

"那我选择找你咨询。"

"朋友咨询不是很合适。"

“为什么？”

“两个原因，一是朋友间有些问题不宜探讨，潜意识会有防御；另外一个收费会比较尴尬。”

“对我来说这两项都没问题。不管咨询还是聊天，反正要见见你。”

“行，到哪？”确定了见面地点后，麦琳回到家稍稍打扮了下就出门了。

“我失眠很久了，最近越来越厉害了，非常痛苦，你有什么好办法？”一见面，小兵就着急地问道。

“别急，我还不了解情况，无法做出解答，失眠的原因也有很多种，你先慢慢说下什么情况？”

“我最近总是经常会很恐慌，遇到任何一种情况的时候，头脑中经常会出现两种声音，比如说，我今天晚上有一个应酬，一个声音会说：早点回家，陪伴家人；另一个声音会说：工作也很重要，我需要在工作中获得成就。刚才下了班，一个电话过来，我的这两种声音又出来了，吵得我烦，所以我就想找你来了，不好意思，麻烦你了。”

“你生活中有一个你不想面对的冲突，我想直接地问：你们夫妻感情好吗？”

“我们感情夫妻很好的啊，没什么不好的。”

“噢，是这样啊。你生活中有什么是需要面对但你不想面对的问题？”

“真的要说这个吗？能不能把这个先放一下？”

“不行，那样的话如同那个在家里丢了针，却在外面路灯下找的故事一样，是不会找到解决之道的。”

“你说得很对，其实有一件事不知道什么情况，我和太太的性关系不好，我好像对此没有什么兴趣。”小兵说到这个话题时声音变得轻慢了。

“事实上这是你和太太感情的真实表达，你们感情实际上并不好，但你的理智头脑假装说都很好，这可能就是冲突的来源。”

“不过这个对我们来说并不重要，都这把年纪了，无所谓。”小兵在椅子上往后一靠，说道。

“不是的，性生活很重要，对男女关系而言却蕴含着很丰富的信息。

这表明他们的爱已经不再流动。你说性关系不好，具体是什么情况？上次是什么时候？”

“快两年了。”小兵认真想了想说道。

“两年？那你们不该是有病吧？”麦琳被小兵的回答吓了一跳，看小兵的样子不像是在骗她。

“去医院检查了是都没病的。”

“那你失眠，身体有问题都是很正常的了。”

“难道性真的有这么重要吗？”小兵怀疑地问道。

“赖希是20世纪前期执业的医师。他在二三十年代提出的许多看法今天被肯定、接纳，赖希认为性的能量是所有能量中最崇高的。根据赖希的说法，一个健康的人应该能经常从事充满爱意的性行为，而且获得完全的性高潮。反过来说，不健康的人由于神经质或性格僵硬而无法全心进行性行为，因此无法经历性高潮，也不能完全释放体内的性能量。事实上，赖希认为所有的神经质症状都和累积在体内无法疏解的性能量有关。在他自己的病人中，他发现，几乎所有的女病人都不常经历性高潮，而许多男人也没有性高潮——他们有能力勃起、射精，却无法经历赖希所认为的真正性高潮。”

“赖希如此强调性行为和高潮能力，是因为他认为在所有生物能量结构中，只有性高潮是经由生理结合疏解紧张，有效消除压力和忧虑的一种过程。如果体内累积的这种能量无法从身体心灵中顺利释放，它便会影响一个人的性格与行为，使他以不健康的方式表现出来。性障碍不仅与神经质有关，事实上，累积的性能量阻碍了身体心灵内流通的情感，也使得神经质的症状更加恶化。”

“成人在性过程中的情感交流，如同婴幼儿从父母那里得到情感关爱的作用，性经验可以使人们在心理上觉得接受另一个人，借由拥抱与性结合和他人分享生命的喜悦。”麦琳刚刚前两天看到信息，她自己也是第一次了解原来性是如此重要。

“这样的啊，我太太好像不喜欢，她总是很僵硬，像一条死鱼，抱着她一点感觉都没有。她是个好人，认真照顾家人，很善良，但是其实作为一个妻子，她并不完整，没有女人味。”

“你们平时相互间是如何表达情感的？”

“没怎么表达，回到家最多说一声我回来了，就好了，之后她看电视我看书，很少交流。”

“你是男人，应该有这方面的生理驱动力，你应该主动。”

“她的要求很烦人，弄得你根本没心情。”

“这是你的感觉，那如果你太太在的话，你觉得她会怎么说？”

“她肯定会说我不洗澡啦，牙齿不刷干净之类的。总之，她就是会找茬弄得你不舒服。”

“看来你们内心里都不接纳对方，都在内心里设置太多的条条框框来要求自己和对方，以至于这些生活的琐事具有了巨大的影响力。”

“确实是这样的，那现在我们怎么办呢？”

“不要有太多想法、判断，多注重感觉，我们的教育训练了大脑，而忽略了感受的能力，我们往往不知道自己的真实感受是什么。这是很多心理问题的根源。简单地说，我们身与心的失去连结。”

小兵沉默会，说“我感觉自己现在精力越来越不济，经常是这里不舒服，那里疼，我以为年纪大了，难道也和这有关系吗？”

“是啊，我们拥有的神经系统是世界上最精致最先进的程序。我们天生每个人都已经拥有这么一个非常神奇的治疗系统，能够治好身体及非身体上的疾病，对于一个处于最佳状态运转的免疫系统来说，没有什么病是治不了的。但是压力、焦虑会阻碍这个系统进入最佳的运行状态。”

“美国心能研究所的一项研究令人“难以置信”。研究人员将人类的DNA放入试管，让实验对象用手握住，并让他们去想痛苦的事。换句话说，就是回想有害的记忆，在做完这个步骤之后，研究人员将DNA从试管中取出进行检测，发现DNA损坏了，紧接着，他们又将DNA放回试管，让实验对象再一次用手握住，让他们去想美好快乐的事情，之后，他们将DNA从试管中取出进行检测，发现损坏的DNA竟然被修复了。这意味着，痛苦的想法可以损坏DNA，而快乐的想法可以治疗DNA。另有加州大学的医学博士朗尼杰特译通过研究发现，家长的焦虑情绪会导致孩子出现慢性疼痛和其他疾病。换句话说家长体内的压力会产生有害的细胞记忆，进而导致孩子身上也显现出压力。不可思议吧，这正应了这句话：‘最好的教育是家长自己成为快乐的人。’”

“原来还有这么多奥秘，看来要经营好关系和做好父母都需要学习。”

“是啊，父母是需要和孩子一起成长的。”

“那么恕我直言，你经过这么多的学习，为何还没能经营好关系，离婚了呢？”小兵问道。

“正是因为学习、成长了，我才看到我们之间的真相，才有能力做出对自己负责任的选择。虽然95%的婚姻是可以经过成长而得到改善的，但也不是百分百，约翰•贝曼老师说过：有一种情况可以离婚，夫妻中的一方想待在原地，而另一方成长了，又不想退回，我觉得我们符合这种情况，他不愿意学习、成长，我也不想勉强他学习。怎么，你认为离婚就一定不好是吗？”

“对孩子总归是不好的吧。”

“这也是人们过于片面的想法。父母给孩子最好的礼物当然是和谐的婚姻。如果做不到这一点，那么快乐的离婚就是最好的选择，然后才是不快乐的婚姻，最坏的情况是父母离婚了，还彼此相互怨恨纠结，并且要孩子也来承担这种父母彼此之间的怨恨，相互诋毁，强迫孩子接受自己对另一方的不满意，给孩子传递关于另一方的负面的消息。这会给孩子造成极大的创伤。如果父母没有真正的亲密，而保留虚假的婚姻，问题会在很多地方体现出来，孩子有很强的感应能力，即使外表和谐，孩子也能很清楚家庭里的冷漠和敌对气氛。父母做什么和不做什么，说什么和不说什么，都会同样地影响孩子。比如，一个总是对孩子纠正错误的父母，会让孩子没自信，感觉他总是做不好；永远不表达真实的想法、即使有不同意见永远不吵架的家庭，孩子会认为表达自己真实的意见是不好的，吵架是不好的，不被接受的。父母对孩子的影响，不仅在于他们的行为，更在于他们自身的意识状态。”

“原来是这样的啊！”小兵闭上眼睛靠在了椅子上。“我一直觉得不管发生什么情况，离婚就是错误的。”

我前两天咨询了一个家庭，一个各方面表现很好的学生，突然发生了很多的状况，打架、不肯上学、上KTV，整夜不回家，父母已经不知如何应对。”

“那后来呢？”

“那天他们来的时候，我迟到了，我的助手打电话告诉我说孩子在闹，当我赶到的时候，这个正值青春期的孩子正躺在地板上发脾气，而父母几乎是低声下气地讨好他，我过去和孩子打了声招呼，很显然，他和对待父母一样，也不会理会我。我决定不同父母那样地讨好他，让他留在咨询室外面，只与父母交流。与大部分孩子出现行为问题的家庭一样，问题的根源在父母身上，孩子现在呈现出来的问题根源也早在过去就埋下种子的。”

“过去的种子，是什么？”

“这对父母无法理解，一个一直以来聪明、优秀、成绩突出的孩子怎么会突然变了。问题的根源就在于父母之间没有真正的亲密，父母之间没有良好的沟通，母亲就把所有的关注和情感都放在孩子身上，孩子小的时候会为了取悦母亲，乖巧听话、成绩优秀，但那只是母亲的成绩。这种情况下孩子到了青春期，自我的力量成长，他会开始不满父母的操控，他需要向父母宣告他自己的力量，要以与以往不同的行为方式来宣告他的成长，试图反对父母，由于父母过去的过度呵护，于是产生在父母看来叛逆的行为。”

“现在很多家庭都有这种情况吧？”

“是的，这对父母同大部分的中国父母一样，父母之间没有亲密，界线不清晰，序位有问题，亲子关系大于夫妻关系，把孩子置于最重要的位置，但却没有尊重到孩子的隐私、孩子的权利，不信任孩子，不了解孩子，也不给孩子提供犯错和成长的机会与空间。”麦琳说到这里停了会，继续道：“其实孩子叛逆不全是坏事，把问题呈现出来让父母有机会澄清和修复问题，但这也相当考验父母的智慧。其实刚开始孩子没有特别大的问题，是父母和老师一步步地将孩子推入更困难的境地的。”

小兵说:“看来要经营好关系真的不容易啊。我虽然拥有了丰厚的资产，却无法拥有幸福的亲密关系。”

“那是因为你从来没有花时间在这上面，你整天花时间考虑如何挣钱，自然挣到钱了，如果你也努力学习如何经营好关系，相信也一定能够拥有幸福和谐的关系的。”

“有可以传授的秘诀吗？”

“是你上的课吗？”

“是的，除了我，也有许多其他老师在上，总之，你去学了都会有帮助。如果能够夫妻一起去就更好了。”

“好，谢谢！我回去和太太商量下再联系你！”

“好，希望你们很快重拾幸福与健康，晚上我还要赶飞机，我现在必须回去了。”

“好吧，你真辛苦，你不觉得为学习付出的代价太大了吗？“不会，我臣服于这样的命运，桐华在《那些回不去的年少时光》书中的一首诗是最好的回答：

这么多年，
我一直在学习一件事情，
就是不回头。
只为自己没有做过的事情后悔，
不为自己做过的事情后悔。
人生每一步行来，
都需要付出代价，
我得到了想要的一些，
失去了不想失去的一些。
可这世上的芸芸众生，
谁又不是这样呢？”

后　记

这本书从某种意义上来说是一种集体的创作。除了故事内容有许多人的贡献，写作的过程也有诸多朋友热心的参与。本书由一篇作业开始，在朋友们的鼓励、期待下逐渐发展成为一本书。从最初的几千字，到二十万字，又几经修改，最终定稿十二万字。

感谢成长分享群里的每一位朋友，你们的鼓励，是这本书诞生的土壤。感谢《亲密心法》公众平台，因为连载了《爱的功课》，让我得到许多平台粉丝们的支持。虽然《爱的功课》没有出版的打算，但我从中得到的写作锻炼，以及来自平台粉丝们的鼓励、支持，给了我写作的信心和勇气。感谢“铁杆粉丝”梦雨江南，你总是第一时间鼓励我，你每天的“期待继续”是我坚持写作的动力。感谢涂华国同学，你数次认真的帮我全文校稿，每次都提出许多宝贵意见，让我非常感动。感谢陈金平老师，乔歆新同学，你们的意见、建议，都使得本书更加完善。

感谢所有给予支持和鼓励的朋友们，感谢你们！

徐林芬

于水晶城 2015-7-11 夜